Cahit Zarifoğlu *Kronolojik Biyografi*

1.7.1940	: Ankara'da doğdu.
1947-1961	: İlkokula Siverek'te başladı. Kızılcahamam, Ankara, K Maraş'ta ilkokul, ortaokul ve liseyi okudu.
1959	: K. Maraş'ta bir ders yılı ilkokul öğretmen vekilliği yaptı.
1961	: İ.Ü. Alman Dili ve Edebiyatı bölümüne kaydoldu.
1962	: Açı dergisini çıkardı (1 sayı).
1964	: Yol dergisinde musahhihlik yaptı.
1967	: Bâb-ı Ali'de Sabah Gazetesinde teknik sekreterlik yaptı. Dil kursu için Almanya'ya gitti (2 ay).
1968	: Migros teşkilatında kısa bir süre tercümanlık yaptı.
1969	: Hakimiyet Gazetesinde teknik sekreterlik yaptı.
1970	: Touring Otomobil Kurumu'nda muhasebe yardımcılığı yaptı.
1971	: İ.Ü. Alman Dili ve Edebiyatı Bölümünü bitirdi.
1972-1973	: Ders yılında İstanbul'da Özel Bilir Koleji'nde Almanca öğretmenliği yaptı. Dil kursu için yeniden Almanya'ya gitti (2 ay).
1973-1975	: Askerlik hizmetini tamamladı.
1975	: MKEK Eğitim şubesinde memur oldu.
1976	: TRT Genel Müdürlüğü'nde mütercim sekreter olarak görev aldı.
1976	: Mavera dergisinin kuruluş çalışmalarında yer aldı.
1983	: TRT-İstanbul Radyosu'na atandı.
1984	: Türkiye Yazarlar Birliği Çocuk Edebiyatı Ödülünü aldı.
1986	: "Korku ve Yakarış" kitabından dolayı Suffe armağanı aldı.
7.6.1987	: İstanbul'da vefat etti.

Eserleri: (İlk yayınlanış tarihlerine göre)

Şiir: İşaret Çocukları, Yedi Güzel Adam, Menziller, Korku ve Yakarış. (Toplu halde: Şiirler)

Hikâyeler: İns.

Çocuk hikâyeleri: Serçekuş, Katıraslan, Ağaçkakanlar, Yürekdede ile Padişah, Gülücük, Ağaç Okul (Çocuklara Afganistan Şiirleri), Küçük Şehzade, Motorlu Kuş, Kuşların Dili. (Toplu halde: Çocuklarımızla Atlara Biniyorduk)

Roman: Savaş Ritimleri, Anne (Toplu halde: Romanlar)

Günlük: Yaşamak

Deneme: Bir Değirmendir Bu Dünya, Zengin Hayaller Peşinde.

Tiyatro: Sütçü İmam.

Eleştiri: Okuyucularla

Mektup: Mektuplar

Oyun: Radyo Oyunları

İnceleme: Rilke'nin Romanında Motifler

Hakkında Çıkan Eserler:

1) Mavera, Cahit Zarifoğlu Özel Sayısı, Sayı: 129, Eylül 1987.
2) Yedi İklim, Sayı: 5-6, Temmuz-Ağustos 1987.
3) Okuntu, Cahit Zarifoğlu Özel Sayısı, Sayı: 10, 2003.
4) Yürek Safında Bir Şair, Âlim Kahraman, Kaknüs Yayınları, 2003.
5) Güneşe Yol Yapan Çocuk, Mustafa Ruhi Şirin, İz Yayıncılık, 2013.
6) Viva Özel Sayısı
7) Cahit Zarifoğlu, Nazım Elmas (Doktora Tezi)
8) Kitap Haber Dergisi.
9) Hece: Yedi Güzel Adamdan Biri: Cahit Zarifoğlu (Sayı: 126-127-128-Haziran-Temmuz-Ağustos 2007).

Yedi Güzel Adam, Beyan Yayınları'nın 550. kitabı olarak yayına hazırlandı; dizgi ve sayfa düzeni Ahmet Yanar; kapak tasarımı Yazıevi/Harun Tan; baskı ve cild Şenyıldız Matbaacılık Yay. Ltd. Şti. (Sertifika No: 11964 Gümüşsuyu Cad. Işık Sanayi Sitesi No: 19/102 Topkapı / İstanbul Tel: +0212 483 47 91-92) tarafından gerçekleştirildi ve Nisan 2017'de İstanbul'da yayımlandı.
ISBN 978-975-473-541-3

Sertifika No: 14723

19. BASKI

BEYAN YAYINLARI
Ankara Cad. 21 • 34112 Cağaloğlu-İstanbul
Tel: +90 212 512 76 97 - Tel-Faks: +90 212 526 50 10
www.beyanyayinlari.com / bilgi@beyanyayinlari.com
www.facebook.com/beyanyayinlari
www.twitter.com/beyanyayinlari
www.instagram.com/beyanyayinlari

B Ü T Ü N E S E R L E R İ 15

Cahit Zarifoğlu

Yedi Güzel Adam

Yedi Güzel Adam'ın
güzel dostluğunun izinde..

Sevgimle Şule
Kayseri, Mayıs 2017

BEYAN

İçindekiler

Yedi Güzel Adam

1. Baskı: Eylül, 1973, Edebiyat Dergisi Yayınları

Yedi
Güzel Adam

I

Bu insanlar dev midir
Yatak görmemiş gövde midir

Bir yara açar boyunlarında
Kolkola durup bağırdıklarında

– Yar kurbanın olam
Dağlar önüme durmuş
Ki dağlanam

Çekip pırıl pırıl mavzerler çıkardılar oyluk etlerinden
Durdular ite çakala karşı yarin kapısında

1.
Yedi adam biri bir gün
bir kan gördü
gereğini belledi
yari alsa koynuna
Ayırmaz kanı yanından

Beyaz haberlerim var kardeşlerim
– Bir güzel ince gelin
Kabartır göğsünü toz duman içinde
gelinliği durur çıkartıp bıraktığı yerde
İçerlerden bir taşlı tarladan
Kaynayan nehrin gözünde
unutmuş gelin alınlığını
Avuçları sıcacık yumulu beline dayalı
Kalın bilekli badem topuklu
Seyirtir o ince gelin
g r e v l i'lere şifalar götürmek için

Beyaz haberlerim var kardeşlerim
– Gölgesiz meydanlara
aklı yağmalayanlar arasından
yayılırsa karanlık fısıltılar
Ya da güzel dışlı yapay çiçekleri
Muhtemel bir genç kızın
Başına atılırsa

Yedi adamdan biri
Bir gün bir kan göreni
Kabukları soyulmuş
Taze devrilmiş bir ağaç gibi
Çeker çıkarır kendi kadınlarından
Fırlar yataklarından tatlı uykudan
Çıplak yalın ve güzel adaleli
O er alarak
Seyirtir danseder gibi
– Önce sağlam olmalı arkam
O ince gelin
Belirir hemen ardında erin
1000 yıl durmadan en atmış bir çınar gibi

G i d i y o r dansöz gibi
Yere ve göğe açık avucunda o kan
        O işlem onda güvercin ve sevap
        Onlarda en ağrımalı yara
Ve yollanıyor o güvercin onlara
Güvercin değişiyor gittikçe ondan
Güvercin değişiyor vardıkça onlara
+ ve aman ne uzun sürüyor bir düşman öldürmek+

Yedi adam artık bir kan göreni
Varıyor dengede
Kuğu gibi sarkıyor onlara
akıyor onlara
şiirler söylüyor ve mısralarında
işlek çelik kümeleri
ve kalkıyor her bir ulaşmasında
iki yanında sülüs ve vav gibi
bir vuruşta öldüren elleri
– Karanfil serpercesine
Bir kez daha vurdum ya Allah diye açtığım yaralara

– Güzelin düşmanı güzel olur
Güzelin yari güzel olur

O varıyor tüm meydanlara
Kanı okşayarak ve kabartarak

Kanı okşa ve kabart
Ve sonra sabah kahvaltısında
İçinden geçirmekle varsın sofrana
Çocuklarımızın ellerinde büyüyen gagalı şeylerin
Tanrının buyruğu ile ortaya çıkarttığı
Gürbüz bir yumurta

II

Yedi adam biri bir gün
bir aşk gördü
gereğini belledi
ölüm girse koynuna
Ayırmaz aşkı yanından

Beyaz haberlerim oluşuyor kardeşlerim

Daha ne kadar saklanabilirdik seninle:
Yaylalardan nasıl geçtik
Çobanlara yetişemedik ama uzaktan
zahmetsiz ve hiç kimseye değil gibi konuşan ağızlardan
Ne bilge sözler dinledik
Sığındığımız
Ve içinde saçlarımız göle girmiş gibi ıslanan
O dev O kabul eden O izin veren mağaralar
Yine açık yine buyur'lu
Çekildi üstümüzden. – Çalıların
Bilen duruşlarıyla karşılaşırdık koşuşurken gizlilere

Güneşi tez gördük dağlarda
Ormanın ay çiçeği gibi uyanan hayvanlarıyla
İlk iş gövdemizin acıktığını anlamak oldu
Gittik kokladık ekmeğimizi tarlalarda

O gün gezdim seni ellerimle
Söyledin: Geniş vuruyor yüreğin

Ülkeye tez giden ayaklarımla varıyorum
Kanım temizliği seven bir kolla atılıyor durmadan
Yıkanmış güneşte yeni kurumuş çarşaflar gibi
Serin ve ürpertici gövden
Yaklaşmaktasın ve / çok yakınıma taşıdığın / güller
Sana canı gönülden âşık oldum meleğim
Kollarına gümüş bilezikler düşündüm
Dostlar buldukça onlara
Kalın kaşlarını övdüm

Güzeldin
Gövden gerilmiş devinmekteydi
Bir tabloda gibi her bakmaya değişen
Karanlık anlamlardan arınan yüzünle
Hakkı verilmiş
Zehirleri alınmış kazanlarda
Demirle birlikte çeliğe koşmaktaydın
Ve döllenmekteydin mengenelerle kucaklanarak

İşçi eğilir bükülür ve doğrulur
Köylü bükülür doğrulur eğilirken
İnsan iyi maden kuyumcuda

Güzeldin / Gövden
Yeni bir iklim gibi yayılmaktaydı karalara
Ağaçlar, kırdaki hayvanlar kasabadaki insanlarca
İşte davetliydin
Acıktık bıçaklarına kanımızı gütmekteymişin gibi
Gelip acı sözlerin için
Bir çekmece koydun yaralarımıza

Ve ellerin uçuşan yapraklar gibi
Birden
Nasıl yalnız olduğumuzu anladım
Kimseler yoktu ikimizden başka birbirine bakan

Susuyor sessizce
Aşkla ilerliyorum
Milletim bileniyorum
Devirmeye

Devirmeye safrası beynimi üleşen
Elleri karımın üstünde birleşenleri

Bundan böyle yekinmeye hevesli yüreğim
/sanatsever halkımıza duyurulur/
Aklım eski izlerde şimdi
İz demek
Bir geniş
Bir kendine dönük bir en ileriye
Yol demek

Usulca kalkıp gidene: Dur
Ki çevrileceksin

Toydun cesurdun
Gençtin atıldın
Bilmezdin atıldın
Kabuğu oydun oydun
Kabukta kaldın

Sis iner örter mermeri
ağacı binayı

Sis kalkar kalkmaz
Görünür mermer
Ağaç ve dev

Bu adamlar dev midir
Yatak özlemez gövde midir
Gül açar boyunlarında
Kolkola durup bağırdıklarında
Bomba düşmüş gibi deprenir toprak
Konuştuklarında
– Yar kurbanın olam
dola yaşmağını bileğime
Ki düşmanı güzel vuram

Çekip mavzerler çıkardılar oyluk etlerinden
Durdular ite çakala karşı yarin kapısında

III

Yedi adam biri bir gün
bir yar gördü
gereğini belledi
yari alsa koynuna
Ayırmaz yari yanından

Alev gerekli kentliye
Bu ısıtma devleri kente
bir an önce inmeli oğlum

*/bütün gün badem çırptım
üzümün tehini armudun çürüğünü ayıkladım
uykuya geç vardım
yatağın içine elimi daha yeni koydum
rahatıma doymadım ama.../*

ÜMMETİ GÖZETMEN GEREKLİ
Ben seni beyaz haber ustası
Olasın DİYE boğmadım -DOĞURDUM

Beyaz haberlerim için hazır olun kardeşlerim

Anam su döküyor ellerime
Bedenim hızla kaçıyor
Gözlerime toprak atan uykudan
Suyu çarptıkça yüzüme ve gözlerim yalnız
Yanıyorlar

Yemi torbanın dibine gelince beygir
İri saman saplarının arasından
İri etli dudaklarına
Küçük zor bulunan arpaları topluyor

Bir parça daha yükselen
Bir parça küçülen
Bir parça daha uzak duran yıldız
Beygir ve yanında duran semeri
Evin gerisinde yığınla odun- badem dalları
Ve kuru alıç kökleri
Ve ben o zaman bilmezdim halka
Ateş gerektiğini
Çalışır gün boyu kuru ağaçları devirir
Badem çırpar budardım yaban çalıları

Gün tepeme değsin öğleye durayım

Gün tepene değsin öğleye durasın
Kökleri hem derinleri hem sığları sarmış
Durmaksızın nimet devşiren
Ceviz ağacının altında.–
Öğleye durmayı
Hiç düşündün mü ağaç neden havyan değil:
Çünkü kan'dır hayvan
Damardır ağaç

O ceviz ağacının altında
Dallarına ve köklerine
Bir öz su damarı gibi bağlanarak
Onlar ve ağaçlar
Toprak ve kalbinden doyurduğu hayvanlar
İşitmişler bakın onlarla
Onlar ve yapraklar
Geniş bir ağızla üfürülüyormuş gibi kımıldamaya başladılar

Onlar ve tüfeğimi doğrulttuğum kuşlar
Şimdi öldürme vaktim değil

Başıma omuzlarıma konun
Dudaklarımdan ve kalbimden dinleyin
/işte bakın ekmek böyle tutulur/
Öğleye durarak bağlıyorum bu tepeleri
O tepelere

Eğlenme doğada - kentte bu gece ışıklar yanmadı
Damlardan
Çorba dumanı yükselmemekte
Yufka ekmeği
Toprak ve ağaç kokulu ellerimle
/ işte bakın ekmek böyle tutulur/
Şu en artist
Ve lokmayı taşıyan parmakların ucunda
Pıt pıt bir damar gibi atan
Yemin ve billah
Sıcak bulgur aşının kalbidir

Dedim çünkü kalk
Yoksa sütüm helal olamaz

Düşündüm sol kolları kesik insanların
Ne denli mahir olduklarını sağ kollarında

Beyaz haberlerim için toplanın kardeşlerim

– Adım Mustafa ve Niyazi ve Abdurrahman
Kafkas yaylalarında çadırlarımın
Sürülerimin ocak taşlarımın
İzleri vardır/doğup yürümeye başlayınca
Çıplak basmıştım toprağa/

Yine de ana'vâzın duymasam hiç uyanmam
Bedenim öylesine yorgun babam öylesine ölü
Ölü gibi kımıldamıyor dedem
Sini belli kendi belli değil
Ne bir hak torunlarında ne yaşayan bir arzusu

Ellerim yumruk dizlerimin arasında (tam üç yüz yıl)
Etim etimin sızısını alsın diye

Kalk çünkü sabah yıldızı
Bir mızrak boyu yükseldi
+ iri ve zeki
uçları nemli bir göz gibi +

IV

Yedi adam biri bir gün
        bir bela gördü
        gereğini belledi
Yalvarsa evleri harap kadınlar
        ve ağlayan bir kaç çocuk
Kamalar salınsa karnına
        ayrılmaz belalı yanından

Haberlerime kulak asmayıp-Duymadık
Demeyesiniz kardeşlerim

Ülkem bugün
Yariyle buluşmuş gizlilerde
Tepeden tırnağa yeni yıkanmış
Ve örtüler içinde
Göz kapakları kale kapıları
Gibi örtülü
Yassı gözlü kabarık alınlı
Kalbine ve beline zengin
Düzgün bedenli bol saçlı erkekler gibi

Ülkem
Tepeden eteğe yıkanmak için
Aşıdan sonra paklanan
Ovalara yayılmış kadınlar
Evi uçsuz bir yol gibi bekleyen
Yavruya verilecek süt gibi
En sıcak yerinde bekleten
O kadınlar gibi ülkem

– Yürürüm bayırlarda
Gücüm ne merkezde tartmak için
Kulak verir
Dinlerim ağacı

Geçerken beton döşeli apartman kaykılı toprakta
Sesim nasıl etkili yoklamak için
Durdurur sorarım kentliyi
Ne haber böyle:
Nereye:

Bela üreten elim
Nasıl davranır belalar içinde
Sınamak için
Uzanır okşarım saçlarını ey yarim
Bakarım hoyrat ve âşık ellerime

Bir gün sapsarı kesildim
Öyle bir tabiat vardı ki gövdemde
İnsanları görmezdim bile yanımdan
Bir hava bulutu gibi geçerlerdi
İçimden
Gidip dağlara
Kafa tutmak gelirdi

Bir gün ben
İri ve kaslı gövdem
Sapsarı kesildim
Hali harap bir dev çıktı önüme
Gözlerini öyle açtı ki yüzüme ve ağlamış
Sonra söyleştik

Bu bir nöbet devriydi kardeşlerim

Bizimle aşkta olanların
Eline su döksünler
Çadırlarının önüne o küçücük
Kilimleri sersinler

V

Yedi güzel adam
Biri bir gün bir dağ gördü
Gereğini belledi.
Ki o dağ
Ağaçsız ve yalnız
Gökle alıp veriyordu.
Rüzgârla ürperir gibi olurdu
Beygirin derisi nasıl ürperirse boydan boya
Dokununca.
Yılanla akreple kertenkele
Tavşan keklik kurtla
Onlarla
Hayvanlarla kımıldanırdı

Dağ bu
Serpilmiş atılmış yer kapmış
Başa kurulmuş. Böbürlenmeden iri kendiliğinden koca

Dağ bu
Devir, söz gelsin, kervan devri
Eteğinde ipek yolu zencefil yolu
Kara ve beyaz yolu zenci. Develer
İçerek karınlarından tüylerinden geçirerek
Dağı yiyerek. söz gelsin. beslenirlerdi

Dağ bu
Devir kuş devri
Geçerdi kartal

İşte o kartal
Renksiz ısı vermeden
Ürkmeden ürkütmeden
Kendinden geçerek süzülür
Dikine batar dikine çıkar
Coştumu
Vurur kendini dağa - ölürdü parçalanarak

Dağ bu
Devir aslan devri
Yer yer toplaşarak
Erkekli dişili
Sık sık oynaşarak

Devir insan devri
Geçti geçti
İnsan geçti
Et geçti kan geçti
Göz geçti
Gelenler
Yeni gelen yeniden sonradan gelen
Geçti geçti

Dağ bu
Yılanla kımıldanırdı
Yılanla kımıldanırdı

Yedi güzel adamdan biri
Bir gün bir dağ göreni
Durdu sevmeden bilmeden devinirken
Durdu durdu seyreyledi

Sordu:
dağ nicesin
günde mi gecede misin
geçmişte şimdide
yoksa gelecek bir düşte misin

Dağ serpildi
Atıldı yeniden yer tuttu
İlk kez yılanla kıpırdanmadı

Gözü görür görmez
Dağa göçtü güzel adam
Eteğinden yukarıya üç gün
Yürüdü. Bir yılda dolandı
Çevresini. Eğlenerek kayalarda geceleri
Yürüdü günde ve bir kuş gibi
Görerek de

Durmadan dolandı dağın çevresini
Artık dağ yılanla kımıldamadı
Kımıldardı onunla

Hırçındı adam hep hırsla
Yaralıymışca inlerdi
Yüzü durgun gözler duru berrak
Hırslanırdı ayağıyla- avuçlarından ter akar
Omuzlarını burardı

Ola ki anlatsa dağ
Der hırçındı adam ince bilekli
Azgın topuklu
İnce uzun parmaklı karınsız
Karşı koyan omuzlu
Yerken güzel yer doymadan kalkar
Oturarak ve hayvanlardan bile
Gizlenerek işerdi

Adam hırçındı-saçları uysal akardı
Rüzgârla akardı
Esinti olmadan zaten akmaktaydı
Uzun boylu değildi
Ama kendinden uzunu yoktu - yalnızdı

Geçince önünden
Mağaralardan kuş tavşan kurt yavrusu
Dağa vururlardı
Serçe tohum düşürürdü ağzından
Tavşan yeşerince onu
Yerdi kökünden

Ot üremedi
Ağaç üremedi

Dağ ağaçsız ve yalnızca
Gökle alıp veriyordu
Adam küçük bir kaya düzlüğünde
Toprakta mağra içinde mağra kapısında
Kaynak başında kuru yamaçta
Dururdu
Eğilip alnını
Yaydıkça yere iki elinin arasına
Göksü çatırdıyarak eğilir
Parçalanarak doğruldukça
Dağ cezbelenir
En yüksek zirvesini kayalı alnını
Yamaçlar yamaçlara yayılan yüzünü
Adam eğilip koydukça yüzünü toprağa
Eğilip koyacak yer arardı

Dağ cezbelenince
Doğrulup eğildikce
Ovaya bir anda
Kentler serilir
Yollar fabrika çevrekleri bentler

Yedi adamdan biri
Bir gün bir dağ göreni
Yeni bir soluk çekti içine
Değişti aynı kalarak
İndi kente
Dağıyla
Esen başı

Serin başı geniş kollarıyla
Gözleri yüzünü kaplıyacak gibi büyüyerek
Ve şakaklarında
Avuçlarının arasında güçlükle tuttuğu
Bir şey duruyordu

Yedi adamdan bir dağ göreni
Buyruğu dağa diyeni
Dağdan buyrukla kente ineni
Suları yürüyerek geçeni
Çekip mavzerini çıkardı oyluk etinden
Durdu yarin kapısında

(Ben
Dirimle
Doğrulurken)

Sis boruları ötmeye başladı yavrular
şimdi oradalar-Aşk delice kımıldamalı yatağından
Sen bir yıldız kaymasıyla yatağından
Üstüne alevleri alarak
Kemikli bir aşk gencinin kollarından tutarak
Sen kanın damarlara tutunamadığı anlardan
Beni karnınla
Bir göz boğuşmasına daha kandırarak
Bul içe kapanık hayvanlarımı yalvarmalarınla
Üzülmüş
Belki dünyayla horlanmışım

Ansızın çık oradan görün orada
Bu siyah basmış kara akar deme–
Başka olmalı gövdemi denetleyişin
                    aşka hazır olan
...LARDAN. OKADIN'lardan

Halk aşksızsa sokaklar
                    banka dükkânlarıyla doludur
Ellerimi kâlb olmayan sularla
                    ıslamaya alışır o kızlar

–işte artık kaçmak -işte durmadan karşımızdayken bile-
–ılık ev girintileri
gizlesin daha köprüler
karanlık bedenleri

Her şey onlara göre - yamandırlar
Ansızın melek bekliyorum eski türk ezgileriyle
Senin asya'dan hiç yontmadan zarif bir cep saatı yapışın
Asya Asya ve Asya diye yalvarışın
Sana ansızın alınyazımı ve kendimi ekliyorum
Aşka hazır aşka aç ve davetli
Ansızın melek bekliyorum
Asyayla ayağa kalkan
Melekler ellerinde gelenekle
İçinden hızla süt akımı geçiren mızraklar

Boydanboya girdirmektedirler gövdelerin içine
Nar doğuran - dikkatle nar doğuran
Hayvanı ve insanı aynı teklifle doyuran
Nazlı baharlarla

Hiç ağlanmadı
'Biz çetin adamız ha' ayrıca söylenmez
Anlaşılır
Ne yavuz kışlar
Kurt sıyrığı ayazlarla
Ne evren depdebesi bahar
Gerdan kırıp mendil düşüren kızlarla

Ayrıca söylenmez
'Biz çetin adamız ha'

Doymuştur aşk bu gece en son buluşlarına kadar
Sen meleksi kadın bu gece kendini vermekle
İkiye yarıldın
Sen meleksi kadın bu gece
1000 yıl adına bilinmekle

Sen melek uyarmalarıyla
Uyarılan erkek
Bu gece bir şehvet azarladın
Hayvan kovdun
Yatağını yüceltenlerden oldun

Şimdi ev gebedir

Dağ kuşlukla uyanır -varsın uyansın-
Önce hafif bir uyku sisi
Tanrı evvelsiz sonrasız bir iklim gibi ordadır
Daim
Melek kanatlarından hava görünmez
Uzaklar yine de görünür
Ay dostlukla anılan bir komşu evidir

Kıl çadırlarla devinen o kavim göçü
İşte o kavim göçü
Dağlar ilk kez bizi
Çıplak ete kavuşan aşk sandı

Kadife döşer gibi toprağa işte öyle yürüyen
Ilık bir hava bürüyen
Gözleri o -rengârenk gözleri çocuk gözleri develerin
Çözülür ayakları

Kavim bu
Boynuna kan yürümüş
(Gözüne bir şey görünmüş)
– Nedir o görünen/ susalım/
Hayat her zerresi uyarılmış gibidir
– Çok acele
Kâlb bir bohçanın içinde atmaktadır

Omurgasından mızrak yürüyor kavmin boynuna
Develer en som bir duruşla – Raptedilmiş
Çocuklar ağızlarında Ey Nazlı Ölüm
Ey Nazlı Bahar Marşlarıyla

Bütün bunlar nedir - sorulsa
Sorusuna
Ne can ne cevap kalmıştır
Kavim donmuş deve mıhlanmış
Kadın ateşle ateş doğumdan önce
Sığırlar kendi kendileriyle
Göz göze kalmıştır

Kavim seferidir evinden ayrılmıştır ama
Kendine varılan iklim ve toprak
/VAKİTTİR/ namaza durmuştur

Bin bireydir kavim
Bir tür kararla eğrilip doğrulmakta
Her candan bir cana
Bir candan bir cana
Sonsuza değin
Bir tavır bolluğudur kavim ama
Nihayet vaktidir VAKİT

Bu duruş en zarifi duruşların
Gidip endamlı dağlara
Beğendirmek için yeni gelinleri
O iklim kullandı hep
İnsanın en bilgelerini
Onlarla karşılanmak için baharda
İklim aranır her şeyden önce her olayda
Şerbet taslarında
Bir toprak okunmuş şeker dedenin avucunda
Genç bir kız kadar ağırdır
Bileceksin ey çocuk
Tatmıştın onu geçen baharda da

Kavim uyanan toprağı
Karşılarken - Uyanıktır-
Kavim Toprağı
Devirirken - Uyanıktır-
Kavimden biri varırken toprağa
– Uyanıktır O ve Kavim
Vardıktan sonra toprağa
Gaflet uyandırılmaz - kavim uyanıktır

O anne gibi verimlidir besmele çocuk için
O erkek
Karpuz dilimi gibi ortadadır
O en yaşlı gelin
Ocaktaki çorbayla birlikte tütmektedir
O kavim için

'Kışları göç içinizedir' buyuruluyor
Büyük çadır en sevgili düşmana emanettir
Çorba dağıtılsın nefes ve el dağıtılsın
Yer ötesi ve yer eşit alınsın
Kadın ve erkek eşit durmaktadır-kadın arkadadır
İnsan hayada ve tanrıdadır
Ki kış ortasında kardan-bir duayla sıyrılıp
O derviş ağaç kupkuru dallarında
O meyvayı büyütüyor
O tiyek
Bir salkım -müthiş- üzüm
Uykuya tez doyanlar için

Saçlar uçuşur havalara sevinçle
şarkı şarkı içine
Cenkle bir üstün haberleşme ile
İnsandan insana hep akıl ve sezgilerle
O coşkun mutlu savaş dülgerleri
Kalbi çoğaltan bayramlar açtılar
Şimdi de açtılar
İşaret verin ve açtılar bütün köprüleri

Deniz yüce bir soluk denizidir-rotalar denizin kendisinedir
Kaptan sancakta bir tek an yaşamak yoluna
Bütün bir ömür ağartmıştır

Işıklar çoğalıyor içimizden birine
kime bu davet
Limanı dolduranlar yanan insan meşaleleri
Yüzbinler taş kulelere yaslanmış söylüyorlar
– Rüzgâr nereden eserse essin güzeldir
Alevler bir ayrı alemdir
Dirlik sevinçtir - göç içimizedir.

Aşktan sonra sarhoşluk günümüz ülkemizde
Sevine sevine
Sağlığımın elleri uzansaydı dağların eteklerine yer'in şarkılarına
Aşkın mağara kovuklarındaki şarkılarına
İlkel bir duyguyla bağırır kalırdım
Yöremde mor lekeler gibi duran
Bir basamaklı melekler ve gelenler olur birden
Bütün meleklerden bir melek
– Bak diyor bakıyorum
ve bak diyor

Ellerimi bıçakla yontacağım deniyor
İlkel bir sevinç destan ve kan
şiir en safından
sonra soyut heykeller

Hiç düşmanım yok-üzgün söyleniyor
– Olmayacak mı hiç
Eziyor gururum onları
– Görün ey güzel düşman ey güzel düşman
Saraylarda geçti ömrüm seninle

Yüzüm aydınlık bakar elemlere
Yangın yerlerine
Coşkuyla selâmladım bütün bayrakları
Düşman kadınlarını

Tanrım bu dağları da sen yarattın
Bana kattın
Bir bir okşadım
Sema yapan kırları

Âlemlere kalbimizi yeniliyoruz ve tutuşmuş geliyoruz
Yeryüzü batarsa batsın dayanamayıp o kavmin çadırlarına

Develer de tutuştu
Onlarla ayarlandık bir devinim bir devinim arkasında bütün
devinimler
Kum kendi raksında beden aynı raksda
Karın bacaklara ulaşır öper onları ve uzaklaşır
Aynı yönde ve aralarında bir dünya vardır
Göğüs ahenkle havanın direncini kırmaktadır
Kâlb başa ve guddeye en yakın sırlara göre
Kumu ve balçıklı toprağı
Ağacın ve kayanın dizilimini

../.

O tek kuşun yalnızca süzülüşünü
Ani bir haber gibi salt bir kez ötüşünü
Dinliyor kumu balçıklı toprağı
Ağacı kayayı ve kuşu

Uyku belâdır göç içinizedir
Sabır ve zaman içinizdedir
Kadın ve çocuk içiçedir

Güneş vurmuyor -öyle söyleyin- üzerine döşeklerimizin
– Sokuluyoruz besmele ile kadının toprağına
(İşte böyle söyleyin)
Öyle ki o kadınlar
Bağlasınlar doğanları tanrı bağlarına

Melekler kırmızı yanar
Kâlbe tutuşan her şey kırmızıdır
Hele kâlb hazırsa
"kentten" bir er kalkar - Onun eri
Kollar semayı deryayı korkularından
Yoksa aşk hemen kaçmak mıdır dağımıza
Söyleyelim ya hay ya huu
– Yolları aydınlık kıl yaradan

Kanla bir sabah
Akşam kanla

'...ateş... ve öldüm...' deniyor
– Oysa sorular verilmişti ona

Sorular yığılmış
aynı kaynaktan olana
Işık ve karanlık hakkında

Bu nasıl uzun uyanılmaz gibi
– Ateş ve öldün uykuyla

– Kurşunla yoklanması bir sorudur geri kalanlara
Taze doğanlara
Şehzadelerden de sorular kalmıştı ona

'Biz artık gitmeliyiz dağımıza anneciğim
Yorgun geldim savaşmadım ama
Bir ceset gibi ayaklarının dibindeyim'

'Biz artık
Gitmeliyiz dağımıza'
– Hayır olmaz
Durmalıyız burada şahinim

'Kezzap içsem
Daha kuvvetle can çekişirdim'
(dertten çıktık) söylendi (güzel bir kurtuluşa yöneldik) dendi

../.

Heykel bekleyen kımıldamış
Abesle elele ahbab gibi
Avazı çıkanca bağırmıştır

– Durmadan deniyor ki vatanım neredir
Heykel ne diyor
Konuşmaz heykel
Felçtir

Karşılıklı
– Kaslarımız karşılıklı kasılsın
Olsun
– (Kalbimiz tüm insanın namına) iddiasında
– Dertten çıkmışsın ötekine kavuşmuşsun da
Diyor ki diyor ki
Geçmiş nedir kavim kimdir dert nerdedir

Kırbaçla ayağa kalkarlardı
'biz artık... anneciğim... dağımıza...'
ruhum geçer bedenine yüz bin kara nokta yemiştir soyrad
.. ve nasıl olan oldu - o ve yeni uygar dostları
Bir noktalar anlaşmasıdır fabrika baca ve duman
Anne onları kapıya kadar uğurla gel

Delinen böğrüme bir sed ger
'yapmayın yapmayın' çığlıkları
Güneş doğsun mu doğmasın mı kararsızım
Başlarını bana çevirmiş büyük baş hayvanlar
londra moskova vaşington berlin pekin
hava cereyanları sarsılan ikindiler
korkularımız intihar dönemlerinde
kötü bir alışkanlık peyda olmuştur
bağ budama hasat zekât
evlenme hoş görme
Buğday ve ekmeğe saygı göreneğine doğru
– İnce bir düşman yönelmiştir
– Hayır içimizden yönelmiştir
– Oh oh dıştan yönelmiştir
– Dıştan ve içten mi yönelmiştir
– Ne yönelmiş ne yönelememiştir
– Yönelememiş önele Miş

'Ey örtülerle donatılmış Mustafa'

– Oğlum sen artık
şarapnel gibi yağmalısın
düşmanı güzelce vurmalısın

'... biz artık dağımıza... anneciğim...'

(Komşudan o ölü de kalktı
Boşluğuna bir kırbaç uzatıldı)

(Çoktandır şu maraş kalesi hatıraları elinden alınmış bir
taş yığınıdır. – onların yerine bilardo masaları konmuştur –
şalvarlı şövalye ve kovboylar bilardo oynamaktadırlar)

– Uykum geliyor kaderim yorula geliyor buz gibi eller
Bu yaz hayatı beğenemedim aklımda kandan gökdelenler

Ey aşk /... ve ey aşk mı dedin.../
Onlar küçücük küçücük gördü sana seslenenleri
Gücendirilmiş gibi kayboldun
Yerine piç döller yolladın

Komşudan o ölü de kalktı
Köyde devinimdir kırışık alın derileri kımıldar
Kaş ve kâlb zorla - kıvranarak
Erkeklik ve kadınlık
Ölümün önünde değersiz ama siperdedirler

Bir değişme gibidir azrail–
Mezarla uğraşmaz toprağı insan kazar
O yere o ölü
insan kalabalığında ansız bir boşluk açılmıştır
alın kımıldasın
kalp kıvransın
Gölden ansız bir tabutluk su alınmış gibi
Bütün köy kımıldıyacaktır/göl gibi

Azrail devinimle çevirir bir köyü
Bir insan kası - kadını kavrayan elleri
mezar kazar toprak karşı komaz aralanır
İnsan mezar kazar arada bar bar bağırarak
– Ey süleyman oğlu nalbant izzet - nice rençberlik ettin
Güneşin alnında bakır gibi göverdin

Toprak kaz arada bir ölü görünürlerde mi bak
– ahmet mehmet hasan hüseyin paytak mahmut babası
  hacı izzet süleyman oğlu hey
  nice öldün
  neyledin
  nasıl becerdin

Köyden o ölü kalkar
Süslenmiş kurdelalar takılmış bir koç
Kapıda tabut tahtaları arasında beklemektedir
Bayram değil seyrandır
Aşk aceleyle oraya buraya göz gezdirir
Sevgi sabırla ahır kapılarından süzülmektedir

Köyden o ölü de kalktı
– Sen de kalk sesini hayvan sesleriyle yuvarla
Köy bir ahenk kuşu sesi çıkararak
Kasabaya bir ölü haberi uçursun
Minarelerden ölgün bir kol gibi sarksın ölü selâsı

/.Ölü ilk kez müezzin-minare uyarmalarıyla dirilmektedir
Köyden kasabayı dürtmektedir./
Bedir efendi durur selâyı dinler –Kim'ola–
–(Ben yüz yıl oldu babasızım) boğuk
(Çukurovada eski kale burçlarıyla itişirdi akranlarım)
(Sağ elim sualtı zengin bir köydü damağımıza kadar pancar)
(O ufak çocuklardık - Bakışları)
(Olmaza karşı koyuşları)
(Şimdi köy acı'dan eğilmiştir)
(Ben ölümle eğiliyorum)
(Barsakları düğümlendi koyunlarımın)
Bedir efendi durdu selâyı dinledi –Kim'ola–
Evlerden yarış atları gibi çocuklar fırlar
Daha ilk nağmesinden alırlar ölüyü
Burunlarıyla kim ölmüş sorusunu soluyarak
Yokuşlara bir nefeste bayılırlar
–Öyle bir çocuk tanıdım
Karşılaşınca başka çocuklarla hızlandı

Minarenin kapısında bir çocuk halkası
Müezzinle inecektir ölü
Ölü çağırır çocukları alıştırır camiye
Ve ölüyü eve ulaştıran çocuk
Kutlu çocuktur
Taşıdığı haberle masum onunla dopdolu ve büyük
Ölü adı taşıyan çocuklar dönüşlerinde
Şehri ağırlaştırırlar - Minare yükünü atmış
Yeniden serpilmeye başlamıştır

Süleyman oğlu hacı izzet evlere
bir sepet incir gibi dağıldı
evlere süleyman oğlu hacı izzet

Müezzin kıs kıs gülmektedir
kasabada evler –bir hacı izzetin varlığını bilmemekten–
keder içindedir

nine: kim'ola hacı izzet
birazdan halk top gibi patlar
– kasabalı değil hacı izzet bülbüllüdenmiş
– oh oh bülbüllüdenmiş
bütün evlere şimdi büyük
büyük bir memnunluk çağlamaktadır

Akşam Sofrasında
Yedi Kişilik
Bir Aile Oyunu

I

Önce kim – “önce sen”

Dirilen bir işçi olmalıyım. Öyle olmalıyım ta eskiden
(Ağlayarak) anlamalıydım olmalıyım anlıyarak
İşçi türemedi hiçbir şey türemedi
bezirgan ölü tükendi köle ölü bitti
bir yazı sağdan sola kıvrılarak eğilip
bükülerek bir şekil almalıydı
önce kim – “önce o”
dirilen bir işçi olmalıydı

işçilik kime kaldı görüyorsunuz
çocuklarım
“çocuklarım nerdesiniz” baba sofrayı hoplatarak
Baba tanrıya yalvar
malar

“işçi miyim değil miyim”
durmadan kendini yorarak kurcalayarak
soruyor (bu kim bizden değil)
Kendini darağacına atsa
ağırlığı az gelir boğulmaya –ve atmadı

Beni mi adasalar iyi olan beni
diledikleri yerine gelsin diye kurban
çünkü hep budanmışım gibi
koyun bazen horoz gibi algılıyorum bazen omuz etlerimi
intiharla (oysa mı) bir çelişmeydik eskiden
yasaktık intiharla
canımızın hakkı üzerine
varamazdı elimiz

“intihar bulun intihar kurbanlara”
onların değişen sesi bu ağabeylerimin
sofrada apaçık duyuyorum işte
kendilerinden kaçıp koşuyorlar bu sofra boyunca
“nasıl olur ama tohumları babamın”
“nasıl olur ama başka bir ırk”
“Başka bir ırk mı” sürüyor onlardan

Bu ev sofrası kuruldukça
Camlar kaykılıyor ve bahçede ağaç
Tehlike kuşları kaldırıyor
Düşsel bir oyun olan çocuklar
Lar-onlar laronlar
hâlâ sağdan sola yazılan babam
bozulmaz akıllar kullanıyor
yaşlanıyor ama bozulmuyor ve diyor
"çünkü bozulmazdan yapıldık"

Bu ev sofrası kuruldu önce baba
Oraya pencereden ağaca ve kuşlara
"çünkü ağaç işarettir içimizin sorularına
kuş işarettir doğup ruhları
dev gibi sallanan çocuklara"
Bu ev sofrası kuruldukça ana
Orada pencereden ağaca ve kuşlara
"çünkü ağaç problemdir çok karışık bundan böyle aklım
kuşlarsa uçar gider uzaklara"

O başka yargılar öteki başka bakar
Ellerinde meşalelerle topraktaki kovuklara
Yaklaşan laronlar lar-onlar çocuklara
bakıp
bakıp sofraya. Ana
yemeğe yaklaşıp ekmekle koklaşarak
/"bereketli küpler
yağ küpleri ne demek bilmez bunlar
geberesi dinsizler
gel ekmek keseyim seni"/

"Koklaşmak mı ekmekle savaşmak"

Anaya onların gönül kıran sesleri ağabeylerimin
İ'yle başlayan ve birbirinin aynı isimleri
Yani i ile i ve i'yle i
i olur mu i "diyor"
İki değişik ad olmalı onların ki
"iki değişik ağabeyim benim
yok mu ki"
Sofrada öne arkaya sallanarak
kız ekmekle alış veriş etmeden
"Kız o çünkü oğlan değil"
Küçük oğlan bakarken söylerken bunu anaya
Hepsi nedenli ayrı ekmek başında
Sarmışlar sımsıkı beni gibi
Hep adanmışım gibi
Yerine gelecek ne bana göre
Kurbana göre mi bu adak

"Kardeşim
Ben
Başıboş bir kamaya saplanmışım gibi"
"Peki ama" küçük oğlan
"Ne demek kamaya saplanmak"

"Ağabeyim
Ben
Çizilmiş bir yaşama atanmışım gibi"
"Peki ama" i ve i
"Kim çizebilir senden başka senin yaşamını"
"Anneciğim ben
Kaskatı bir esirliğe keptirilmişin gibi"
"Peki ama" ana
"Kepmek mi ne kepmeki
Kendine iyi bak önce üşütme ciğerlerini"
"Kardeşim ben
Yüreğimden böğürmek üzereyim gibi"
"Peki ama" kız kardeş
"Yürekle böğürmek mi dedin. Öyle bir şey mi dedin"
"Babacığım ben
Ayaklarım baltayla kesilmiş gibi"
"Peki ama" baba
"Ayakların... Apaçık uydurma ayaklar seninki"

“Yepyeni güçlenen ayaklar onunki” i ve i
“Bak kardeşim kamaya saplanmak
şu demektir ki...
................................” ben
“O var çünkü tanrı
O çizer onun yaşamını” baba
“Kaskatı bir esirlik.../çok acı/...” i ve i
“Kaskatı kaskatı kaska kask kask kask” kız
“Kendine iyi bak...” kız - anne
bakışarak ciğerlerim onlar benim
“Ayakların baltayla kesilmiş gibi mi” küçük oğlan
Çünkü kardeşim dedem dedem dedemin olmuşu muyum ben

“Olmaz dedenin olmuşu -Ulmuş deden” i ve i
“Ulmuş mu yani benim babam” baba
“Dedem senin baban mı ki baba” ben
“ben dedem deyince...” ben
“hah hah haa-”i ve i
“hah hah haa-” ben
“bir kediyim ben-” birden
“bir hayvanı evin” kedi
Sarmışlar sımsıkı beni
Hep adanmışım gibi
Yerine gelecek ne bana göre
Kurbana göre mi bu adak
Başıboş bir kamaya saplanmışım gibi
Çizilmiş bir yaşama atanmışım gibi
Kaskatı bir esirliğe çöktürülmüşüm gibi
Yüreğim böğürmek üzere gibi

Ayaklarım baltayla kesilmiş gibi
"Kandırma beni çocuklarım
bozulmaz'dan tutunun -bırakın öyle öleyim" baba
Baba halk oldu baba halk değil

Sarsılıyorum içimdeki hayvan perdeyi aralıyor ve /anlıyor./
Bakamıyorum başkalarının yüzünden başka yüze
Kendime
En sağlam seslerini söyleyen ağzım
En geçerli ilkelerini dünyanın

Sessiz atılıyor (devinim) kayarak
Sofranın dibine kedi (sesler var)
Önce Hamit "kedi kayınca sofranın dibine..."
"Hamit mi Hamit kim" sofra

Elim korkunç uzanır üzerine kedinin
Öpmek ister gibiyim kedinin üçgenini
(Ellerini) Koklamak kapmak ve kaçmakını
Kedi yapmazsa bunu çünkü kedi değil
"Biz bir şey yapmalıyız galiba - ama neyi"
/"daha yeni mi sordun bunu çok mu yeni"/ ekmek
"Yüz yıldır sormadın
Soranın ardına varmadın da...
Elim yakanda dirilecek orda..." sofra

Sonra i ve i iç içe ses çıkarmadan
/ "ben i'yken"/i ve / "ben i'yken"/i
ve sesli olarak sonunculardan ayrılarak
altı asrın sonuçlarından
sonuncularından ve içeriklerinden
korkunç kaçarak
"bu yemek daha ne kadar sürecek hiçbir zaman
kediyi oradan kim kovacak hiçbir zaman
Baba sen
Önce yeni bir işçi savunması yap"

Baba anadan yaklaşık olarak
Bir erkeklik ayrımı üretti oğlanlara üleştirdi
Fakat onlar babadan ayrılarak
Ana babadan tüs tüm yaklaşık olarak
Bir kızlık ayrımı yalınladı sivriltti
Kızlarla ortaya attı belirledi
Fakat kızlar anaya yapışık kalarak
İlk onlar oğlanlar i ve i
.... ötürü başkaldırarak
Kuzeyden güneye parıltılara avuç ve bağır açarak
Kuzeyden güneye parıltılar kafkas farları
Pırıl pırıl pır işçileri
Pırıl pır emekçileri
Parıltılır (ötürü) dayanamadan
"Bu yemek daha nasıl sürecek hiçbir zaman
Kediyi oradan kim çıkaracak hiçbir zaman
Kedi tıkınamaz sofranın altında
Kazanmadan
Babamızsan
Yeni bir işçi savunması yap
Dedeni savunduğun gibi ve padişahını"
baba hemen
ve hemen ben
Baba değilse fakat ben (cevval) hemen
–Abdülhamit–
Eşya ve şehir dürtülmüş gibi
türbelerden elektrik geçmiş gibi
"hortlak var" i ve i

Koro gibi bir aşikâr dikleniş gibi
Duyuyoruz yoksa bir alisinasion isteği mi
işte işte işte gark oluyorlar
"işte işte Han Han. Dünyadan ve besmeleli rahim
mazgallarından
Yumurtanın içindeki canlı kavgadan"
"boy atsın boy atsın"
Tarih zorbalarının paçavralaşma işareti
"ah ey işaret"
– işte işte işaret
– Abdülhamit
"dur baba yeni bir işçi savunması yap" i ve i
i ile i ve hemen ses olmadan birbirine kapanarak
/"nedir ki bu Abdülhamit"/

Sofra (görüyorsunuz) nasıl da uzuyor ana çok uçta kalıyor
uzakta
Adeta
Öteden o ufacık bedenden
Kim sorabilir kim araştırabilir kimbilir
salondaki gizli bir düzlükten
"Anayım ama dayanamam daha da
"Çekip ağlasam mı odaya
Acaba
Acaba mıyım yoksa ben"

Yeni bir işçi var ortada
İlk defa
Ve sofra
Baba ana ve i ile i
Öldükten sonra dirilecek bendeki beden ve ruh
diyen ben
"inanıyor muyum gibi"
"ne gibi inanır buna baba ve ana"
"ve hakçası başkaları"
Küçük oğlan yarısı içten ses olmadan
"Babacığım anneciğim ağabeylerim
Kız ablam ve sen
Ben de dirilir miyim öldükten sonra
/Ruhum da dirilir mi öldükten sonra/
Ben de/hesap verebilir miyim/ öldükten sonra
Derslerime çalışır büyüklerimi dinlersem"

Kız ansızın açılır en cinsli
"/Bir kız neye inanır inanabilir ki
En iyisi en doğrusu şu ki
Güzelim ben-Erkeklerse
Kıza benzemiyor hiç
Bize dayanamıyorlar bir de hiç
Aklımda tutmalıyım büyüdükçe hep bunu
Aman hiç unutmasam bunu/
–sessizdi şimdi birden ses olarak–
Ya unutursam bir de"
döndük baktık
Kızardı yüzü
"Ne güzel kızarabiliyor yüzü" baba ana ve ben

Yeni bir işçi var ortada
Çok yeni bir işçi sürüyor dedemden
Ayakları ta oradan toprak diplerinden
"Abdülhamide ölüm" maymun
"maymuna ölüm" Abdülhamit
Çok yeni bir işçiyle geliyor dedemden
Güçlü mü
O kadar da mı güçlü
Daha değil yanılmıştık bir yerde
Eylem olmaz düşünüp düşünüp
Hah; demeden

Kedi sofranın altında üçgeniyle
Kedi dediğin böyle yaratılmıştır
"Ben kediyim sadece -Biliyorum da
Anlıyorum da işçi denince
Yakın buluyorum kendime
Galiba ciğer
Öyle bir şey
gibi bir şey olmalı"

"Bağırıyorum sofranın üstüne
Bağıracağım yemeğin ve ekmeğin içine
Yeni bir işçi geliyor kendine"
"Sus" diyor i ve i
"Sus biz yücelteceğiz emeği"
"Asıl sen sus tanrı yüceltmiş bir kere"

Tanrı mı
“çok bulanıyoruz” i ve i
“Ekmeğe alın terinden önce kan
Duadan ve bereketten önce kan
(ben kazandım onlar da kazansın yeterince) den önce kan kan
kan kin öfke
katık olmalı
her şeyden ve besmeleden önce”

Birçok tanrı vardır
i için ve i için
sofrada birdenbire ve i
Çünkü i için
“Tanrılar lar lar deme lar lar”
kız bu doygun duyarlı yanağı yaşlı
“Tanrılar denmez çünkü hiç söylenmedi
Küçükler ve aramızda ufacık var çocuklar”

(Kırılır)
“-en çok onlar mı
“-en çok onlar)

Elim taş gibi tutuyor Hamitin ellerini
(Hamit kim daha belirmedi)
"Hiç belirmez o belirmeyecek de" i ve i
Sofrada değil miyiz büsbütün
"Güneş dönüp yeniden doğmalı" Hamit
Ana kim ata kim toprak kim
Halk neyin nesi
Sesini bileğinden alıyorum Hamitin
"Sofraya çağırmadınız beni" çözüm
/"Tanrı başka olmaz artırılmaz
başka tapacak yapıp artırıyorlar azalır ata"/
"uzak kal atadan ata geleceğin içinde" i ve i
"gelecek kazmanın içinde" i ve i
takılıyorlar
"takıldınız işte" i ve i'ye baba
Ve sofra
(Kedi var)
Küçük çocuk ve kız hep birden
bağırarak korkutarak korkutarak
"Kazma nerede kazma nerede"
sakınarak i ve i korunarak
"düşecek: gibi başlarına kazma"

Zeynep
Ve
Uzaktan Fırat Üzerine
İkili Anlatım

İşte size söylüyorum

Toprağın yorulacağını
Fıratın ordusuyla kâh cenge vardığını (kâh uykuya varmıştır)
Zeynebin fakir göğsü cılız bacağı
Fırat cenge vardıkça kabarmış
Uykuya vardıkça kırılmıştır

– Zeynep çık kuyudan
– Ben çıkmam kuyudan

1

Kent kurmaya bir seher vakti
Dualar ederek seyirtiyor
Siyah yanaklı etleri barbar kabartılılar

Geliyorlar bulmaya insanları
Kan damarlarını bağlamaya kırnaplarla

Çün içlerini basıyor halklar
Yağma var içlerini basıyor halklar

Öykü böyle başlasın işte söylüyorum
Önce yeryüzünde yoktunuz - bir kadın ki
Rahminde boğmadı sizi annenizdir
Buluşunuz değildir anne - doğuranınızdır
(Anne boğmaz doğurur)
Nasıl ki doğdunuz ve buldunuz annenizdir...
... Ve nasıl geçti çocuğan süreleri
Erkeklik ve kadınlık gürlemeleri
Bir av gibi
Göğü mutlu bir nefes yapıp söyleyip
Muhabbetle ölürken
Yepyeni bir anne gerekli

En çalkantılı yönleriyle dünün
Mağara hummasına tutulmuş
Gerçek mavi ırmağını
Durmayın düşünün

– Düşünün
Dağların sivri döşlü bir ceylan
Ormanın kara ve bahtlardan korkan
(Vururken korkulsun vurulanın bahtından)
Bağrına öfkeli yürekler
Şehre yürüme devleri toplayan
(Dağlara gitmeli ağaçlara mağaralara ne zaman)
Düşünün yaylaları ağız'ları dürüst çiçekleri
Kırların hünerli hayvanlarını
insanı hür yatırıp hür kaldıran buğday hakikatını
– Düşünün zekânın doluluğunu - bir emanet olduğunu
– Kullanın çocukluğunuzu
Bombalığını
Cepane damlarını
Diri bedenlerdeki kadınlığı
Erkekliğin altın çağını
Ki ölüm bir doku konuğu
Gibi durmadan geldikçe ve göründükçe

2

Dağda genç kadın
Güneşe gömleğini açtı
İncecik tüylü kabarcıklı tenini
Kalın bir dudak gezindi ve güneş

Kentte genç erkek
Geceye gömleğini açtı
İnce zehirli morarmış etini
Kalın bir akrep gezindi ve loşluk

Dağda Zeynep kadın
Kuluncunda çıkan kızıl çıban gibi benzeri
Doğurdu bir çocuk

Köylüler ırmağı sıvazlar
Dururlar ay - buğday korosunda
– Ay kararınca ad konmaz oğlana
  Mehmet kente çağrılıp
  Afsunlanıp burgaçla kurcalandıkça
  Yüreğinde morarmış kan vurdukça
  Köy kararı ad konmaz oğlana
  Heyda heyda heheyda
  Yaşamaklı başın nar gibi
  Koy belini toprağa belin çatlasın
  Sok gövdeni toprağa toprak çatlasın

Zeynep kadın genç kadın
Başı bir başka yönde
Durur kendi dilinde
– Mehmedim kekliğim
  Katbekat giysilerimdir üstümde
  Bir gün yağ kokarım bir gün bal
  Daya Mehmedim daya dertbüken bileğini dizime
                                    ev çeviren dizime
                                    yıldız güden dizime
Değdir hecin yüzünü yüzüme
Anla yüreğim bir çarpıntı bellemiş
Anla ne demeye bellemiş
Yorgun sığırlar
Geceyi oldurup
Çekip getiren koyunlar
Evi çevirsin korkuları çoğaltsın
Sofraya karşı bir beygir sureti vursun da
Çocuklar sofrada bir çıra gibi yansın da
Anla şu dağla bu dağın yanında
Anla hayatta
Bir gelip gelmemene yaslanmışım
Karnım bir dik bayırın
Bir dibinde bir doruğunda
– Bu oğlan senden olan oğlan
  Öteki oğlan senden olan oğlan
  Şu kız kendi kendine doğdu babasız
  Bir kez gel çocuk gözle sen
  Bu gece çocuk düzenleme gecesi
  Çocuklarla sofrada yanıp tutuşma gecesi
  Yemeği dökeni somunu hırsla kapanı
  Kardeşinin gözüne parmak atanı bağışlama gecesi

Susunca Zeynep
Dağdan Kentten Köyden Kasabadan
Bir ışık bir sıcak bir karanlık
Bir çocuk yalvarışı bel burkulması
Bir erkek çaprazı adale kıvranışı
Bir zehir düşünce içinde çabalasın
Cesur cesur eşyaya dökülürken kadınlık

Köpek evin damına süründükçe
İçeriye bir tüy ısısı uyku kaçıran sıcaklığı
Saldıkça ve Zeynep karnını avuçladıkça
Ve karnı değişip değişip
Bazen bir azık çıkını
Bir tiken çukuru
Bir bal kutusu titreşimleri saldıkça
Çocuk delirmiş gibi fırlar ananın sıcağından
Deşe deşe koşmak için dağdan kentin yollarına

Çocuk Kısıkkaya dibinde çarpılır
Köpek çocukla haber salar köpek ırkına
– Durdurun gece hücumlarını
  Artık aşk insan kalbine sığmıyor

Kentliler akrebi savuşturdular
Bağırıyorlar güneş - ışık korosunda
– Çocuk Mehmedin dinine bağlansın
  Ay gördükçe öfkesi ağalansın
  Aşka değdikçe gövdesi
  Nar çiçeği gibi patlasın
  Şerha şerha yarılsın
  Kurtlarla ağız ağıza verip ağlasın
  Sabahın çiğini tandır ateşinde dağlasın
  Köye gelin geldikçe toprak duvarları baltalasın
  Heheyda
Cazgır ve enli bedenler
Harman yerinde kütürdiye dursun
Kıvrılmış ürkek ve atılgan
Dağ gibi güreşe dursun
Terleyen ve soluyan bedenler arasında
(Damlarda seyre durmuş birbirine sokulan
Birbirine dirsek vuran köy kızlarına ait)
Salkım salkım memeler

Düğündür sanıyorsun ey güvey
Bir gelin bulundu sana işaret edilenlerden oldun
Bugün bir cennet hüneri kazandın
Anan bacın kurban sana
Toprak damlardan bir kız aldın
Ona selalarla git
Onu besmeleyle değiştir

Düğün
ve işaret
Bir baş çemberi ile atılınca
kovalar birbirini genç kızlar
Her gece karınlarına bir düğüm çalan
İhtiyar kızlar kocamış oğlanlar
Ay koşar mızrak koşar
Söyleşiler devrilir birbiri ardına
Er - kız korosu
– Er meydanından damdaki giysilerin içine
  Er kazanlarından kız kazanlarına
  İtişen bir şey oluyor
  Künde ve dönüyor toprak evler
  Durmadan çevriliyor damlar
  Birbiri üstünden ve içinden geçiyor
  Kız kadın ve çocuk yüzleri
  İkinci üçüncü ve beşinci künde
  Yani aynı anda sanki
  Beş künde birden
Ki Zeynep
– Kız çocuk Zeynebin kaderinde kaynasın
Ve kentten köye yalvarış
– Biz bir insan yaylımı
  Bir beşik hatası ekmek pazarlığı
  Bir tarih kurbanı bir bilim yanılması
  Köye inen aç kurtların
  Tenekelerle ürkütülen çakalların akranı
  Otlarla büyülenen köy kadınlarının
  Çöplerle delinen
  Ceninlerinden bizler onarıldık

– Kente kaykılan köy bebeleri
Büyüyüp de kenti bıçkın
Bir yürek ve lapa beyinlerle
Tüneklerde gece diplerinde
El yüz yıkanan park çeşmelerinde
Sabunsuz kör bıçakla sakal kazırlar
Bütün bir ekmekle koca bir gün savarlar
Köyden çıkınca kentte anlamsızdırlar
– Konuşup türkü söyleyip
Pilli radyo peyda etmeleri
Uzayıp dursun apartman kapılarına
Gazete tokmaklarına
Geceyi nakışlı yorganlarıyla
Sabaha aktaran köy bebeleri
Ey kalın ve kocamış bebeler
Başlarında boncuklu takkeler
Pazularında topraktan bekçilerle:
– Kız çocuk
Durmasın ağlasın
Bırak ağlasın da durulsun
Zeynep kadın ey kadın
Yolun ayrı yolun ırak
Bir memende bir yılan başı
Birinde bir güvercin yavrusu
– Nasıl ki duyulur dönünce yamacı
Suyun şırıltısı
Kız çocuk kapanır bakraçlarla toprağa

(Birin ikincisi
sal merhâmet bulutlarını - kurut içimizdeki
öfke mayalanmalarını)

Görenler durdular kadınlık korosunda
– Zeynebin başı su çiçeği gibi döner
Ay çiçeği gibi döner

3.
Zeynep kadın dereden yükselen
Haber dolu bir söğüt ağacını
Dallı güllü basmalarıyla karşıladı
yol başında. Tarlaların ve otların
arasında. Yel vurdukça söğüdün
dalına ve yaprağına
Ve Zeynebin karnında bir kapak açılıp kapandıkça
Ve köy isli bebeleriyle tepelerin
ardından koptukça
ve çeşmelerden derelerden su yerine
Bebeler ve köpekler aktıkça
Zeynep iki elini bastırır kalçalarına

– Ruhumuzun kirlenmesi dolmadı mı
Gövdemizin kıvranması doymadı mı
Bir hınzır uyku bir şaklaban uyanıklık
Bir batında gecenin ve gündüzün kavranması
Bu nedir böyle gün mü günsüzlük mü
Hangisine kapıldık nerelere atıldık

– İşleyen demiri ve el tırpanlarını
Onlar ne etti nasıl hamle etti
Ruhum Kollarım Günahım Sevabım
Ölçülerek tartılacağım

– Gecelerimi ağırlayamaz oldum
Yürüyorum
Benimle adım atan bir şey var
Ben fakir gövdeli yumuşak etli bir Zeynebim
Bir köpeğin kanı yürüyor
Benim kanım yürüyor
Dişi köpeğin karnı bir ambar
Benim karnım bir ambar
Belim bedenimi besliyor arkadan destekliyor
İşte iz bıraka bıraka yürüyorum toprağı
Dağları bayırları
Bir köpek miyim ben ki benimle
Soluk alan bir şey var
Hep köpeğimiz var yanımda
Çocuklarla oynaşır durur
Ey Mehmet nerdesin bu köpek senin yerinde

– Yoksa bu köpek ben miyim
Bu köpek mi benim yerimde

– Ruhum kirlenmeden soluyun beni
Dinleyin içimle bir soluk verdiğimi
Duyarsanız ben olurum
Köpek kendi olur
Bana göre değil köpeğin aşkı

– Bizi ışığıyla vuracak şimşek nerede
Beni ben olarak ve köpeği kendi olarak
Uyuyan ama dik duran heykele ne olacak kim sarsacak
(– Uyuyan heykele ne oldu kim sarstı)
/yer oynamış gibi kim sarstı/
Kılıç çekiyorsunuz ve uzuyor
Büyüyor ruhun görgüleri

– Sırtımızı köleniz sıvazladı
Siyah ve beyaz bilgileri sonsuz olan
Bir dağı bir dağdan ayıran
Yani bilen granit yataklarını
Ruhun içinden dünyaya doğru keşfe yönelen
Namaz vakitlerini aya ve boşluklara göre derleyen
Kölenize buyurdunuz bizi
Eğildik eteğini öptük
tırnağını ve avuç içlerini öptük
Efendim büyük efendim
Yüzünüzden var olan hurma dallarının önündeyiz
Yüzünüzden var olan güneşin önündeyiz zikrindeyiz
Ayın bir muhabbet armağanı olduğu vaktin önündeyiz

4.
– Toprağı hazırlayınız çocuklarınıza
  Ve çocuklarınızı ayar ediniz toprağa
  Evi dik
  Karnı tok
  Kanı sağlam tutup
  Göze savrulan toprağa

– Kadını hazırlayınız çocuklarınıza
  Erkeği hazır ediniz onlara
  Öyle ki kadın
  Günü saati dolunca doğurunca
  Bin yılı birden doğursun

Sancısı bel ağrısı teri ve kanı
Zorlanan alnı şişen şakağı kadının
– Çocuğun yüceliğiyle avunsun

Gün gelecek
Mızrağın ucunda yeşil renk bir tülbent

Çemberli mermerin dibinde
Balık yiyen balık üreten iki tülbent eri
Balıklar ki harflerdirler
Ağrıyan başları sürtünüp kızışan derileriyle
Kızgın ve diklenen
Ürperen ve akım geçiren güçleriyle
Yollara devlet resmi çiziyorlar

Hayret ve varolma tıkandı
Hayret ve hâyâ tıkandı
Hayret ve hayret ve hayret
İlk kez geriye dönmek gerekiyor

Dağları yokladınız mı dilsiz duranları
Bir de kulak kesilince
Dağ konuşur - Hayır konuşmaz mı

Sonsuza dek kalmaz Fırat bu mağarada
Tanrı elbet kanatlı halketmiştir toprağı da

Taşın kendine mahsus bir sesi vardır
Nasıl ki kardeşim
Yelelerinden zor çekilen bir at gibi
Gözü en ilerde
Onurlu burnu kaya ve kılıcın çıkardığı kıvılcımlarla çevrili
Gövdesinde en ince sanat gelinleri
meseleli
endişeli
Koştukça hızlanan hızlandıkça hızlanan
En eski uygarlıklarda hak arayan
Gövdenin labirentlerinde
Cam gibi birden donan
Bütün bir gövde bir hayret
Bir şaşkınlık bir taaccüp gibi donan
Gelinleri ışığa uzayan bir at gibi
Aşk bir at gibi
Fetih bir at gibi
Minyatür bir taç gibi
Çağım ve içimizde balyoz gürültüleri

...Ve
Çocuğun Uyanışı
Böyle Başladı

Gül kokuları çocukların kaburga kırıklarından geliyor
Acıyı ve insanlığı çocuklar
Böyle dayanılmaz kıldılar ve yeni suları
Onların bilgileri getirdi
Elleri önlerinde bağlı-duruşları
Omuzlarından göğüslerine doğru kıvrık ve yumulu
Yaşarlar ebedi göz ve ölümsüzlük aşısı yapan kitabı
Ki şimendifer
Nasıl peşinden koştururrsa katarları yolcu kutularını
Oralarda civarda
Böcekler sürüngenler bulunan kırda
Dönen çember- toprakla çalkalanan çocukların önünde
Bir dev gezinir
Şimşek düşer

★

Ve balık yumurtaları
Ki onları balıklar
Suyun gencine bırakırlar
Ve suları da gezer ölüm
Çelikağ yok eder insan eliyle uzanarak
Hem balığı hem yumurtayı
Hem yumurtadaki balığı
Hem balıktaki yumurtayı.

Toprağa dikili göz neler bulmaz
İstese dağlar mı bulmaz
Sonsuz gebelik ölümü su çiçeği gibi döken hayat
Suları ve karaları uluyor birbirine
Erkekler kadınla donlarının altında harp cep kitapları
Dudaklarında verem çiçekleri uzaktan
Yakından aynı ve ayrı uluslardan

★

Genç bir adamdım
Tren uğurlardım

Eski ve yeni efendileri
Taç giyen şehzadenin karpuz gibi
Ya da gemilere açılan çelik bir köprü gibi
Serin kırmızı ve sıcağını bırakarak
İkiye bölüneceği haberini
Büyük olayları hava limanlarında zonklayan
Trenlerle ben yolladım

Parklarım vardı akşamları
Kapatırdım
Saati vurunca trenlerin beklenip gelmiyenlerin

Bıldırcın tüneli ve bir açık bir örtülü tren
Akşamsa hemen
Korkardım-bir kızeline tutunarak
Karşı komadan sarışın-onu dökülmüş yapraklara yayarak
Çıkarırdım yanağından ürkek şapkalı
Ve çantalı adamı
Yaklaşırdı ve sorardı
– Oralı mısınız oralıyım
– Alın ve okuyun incil ve yohannaya göre
– Misyoner misin değilim
– O hah ha

– Değilim ve okuyun yohannaya göre
İnsana olan sevgim-bodurluğuna kurnazlığına
Birden bilerek
İstasyon bir boşluk
Çünkü bir yok bir var
Trenler çehreler

★

Üçüncü hat koş üçüncü hat
Katlan elele katlandık ey Anna taş içinde heykelim
Yonttum yonttum taş bitti sen çıkmadın
Yanıldım avrupalanmakla çün bizde
Kadını kelimeyle kurarlar saklarlar örtülerle
Derken katar üstümüzdeki katardan çoğaldı
Sen burgu oldun içimin dağlarına tünele girdin
Strasburg akşamın karnında
Uslu çocuk olarak bekledi
Bianka boğazlanan boğanın önünde kaldı
İstersek durduruldu diyelim
Çünkü halklar vardı
Güvercin halkı
Meydan
Göz halkı
İnce doğranmış fransız halkı
Ey Anna sen kalkan balığı
Kafa vurmayan fakat gövde vuran
Ağzın karnından biraz yukarda
Karnında bir anne yeni kız doğuruyor işaretleri
Kan gidişmeleri
Açık göğün önünde açık meydan halkları
Bianka kıvılcım
Ucu kendine kıvrılmış kılınç

Öpüşümüz gizli olmalı
Öpebilirsek uzanıp kaderlerimizden öpmeli
Sıcak gözyaşı ve şikâyetle
Ağzı konuşmaz kılan
Ağzımızda
Dilimizi şişiren ayrılık bademi

★

Senin elin söyler
Avucunun toprağa değip donan çizgileri
Anlatır
İstasyon çayevini dolduran gebeyi
Dumanlı ve biraz her şey kokan gebeyi
Aşkın
Şişen bir yara gibi gelişip
İçimizden iki yolcu gibi gideceğini

Venedik birdenbire kavruldu
Nedensiz ve niçin
Çün korkunç
Ve savaşla gidiyorsun
Ama ancak sen
Vuruldduktan sonra ve kurşun
Benden ayrıldı
Ve gittin
Ve dağ çöktü

★

Artık dayanamam
Yabancı isimlerin isim ebelerinin içinden
Yabancının ter kokusunun içinden
Yabancının buyruğuyla geçmeye

Ey toprağım kalkamadığım
Üs kimin üssü
Kime ait minare

Ey sen karşımda paylaşılan
Alna dudağa ve kalbe ayrılan
Sen aşkım sabah doğrulunca bağırdım
Geceleri sancınla kıvrandığım

Karanlığı itiyorum yine gelir
Sabahı seviyorum özlüyorum
Seni aydınlığa getirip anlıyorum
Daha sonra ışıksızlıkta anlamsız
Ve sancım var

İnceden ve derinden gözlüyorum
Çılgınlık ve inceliyorum
Kilom elli beş boy bir yetmiş üç
Sen kendime etiplikle eklediğim
Kanı benden canı ciğerimden alırdın
Aydınlıktın
Hep onarırdım eskiyenlerini güneşle

Ay gece görününce açar aylığını
Kurbanlar ve senin büyüklüğün dağınıklığın
Çünkü her bölgeni başka bir şehirde yaşadım

Küskünlüğünü aşk öncesi şehirde
Etinin lekelerini doğduğum şehirde
Korkularını ve yüksek korkmalarımla
Irmağı kapayan boydan boya
Suyu toprağa ilave eden şehirde
Gidişini özel olarak
Kalbimin bağışlandığı şehirde- en önce

Ayrılık vardı hep

Ay gece olunca pay eder ayrılığı
Ey güzelce yakalandığım
Mutlulukla sunulan
Bize bahşedilen armağan kılınan
Ayrılık sen ki
Aşkın ve sanatın
Durmadan doğumlar getiren anası
Hep orda gebe karınların dibinde içinde
Doğuma en yakın
Doğmadan gibi ve aralıksız doğarak

★

Böyleydi kuruluş yapı ve bizim ustalığımız

★

Fakat sen
Hep karşımda kalan
Ağzı ağzımdan alınan
Paylaşılmakta olan

★

Biz dördüncü Muratın kılıcının sivri ucunu tutuyoruz
Keskin yanında karılarımız ve çocuklarıyla
Hızla akan bir vatan tuttular
Aşkın ve birlikteliğin çatısını orda kurdular

Karılarımız her asrın insan güzelleri
İmkan bekçileri
Ağır arabalarla taşınan sancılarımız
Ağır tabanlarımız
Etten değil gibi az yiyen gövdemiz
Toprağın ürününe avuç açan karşı koyan
Yeri var olmayan bir lisanla bağlayan
Sıcağa ve nalın kıvılcımına gerçek isimler koyan

Irmak ve ırmağı süren yol
Biri uzağında kaldığımız
Öteki içine daldığımız

Buzul uzaksa ve beraberlik ateşi kucaklamışsa
Sabaha çıkmamız kolay
Güneşi bir mızrak boyu yükseltmemiz
Yabanı kolundan tutup germemiz
Alnına bir mıh
Sırtına bir yafta ekleyip göndermemiz
Yekin seslerindeki yanlışlığı düzeltip
Büyük doğrulamanın aklına geçmemiz
Yavuz boğalara benziyecek
Ve sancı değiştiren hayvanlara

Küçük kahraman öğütlerle büyük esere
Bir mısramızdan girer
Bir çocuk avlusunda salıncaktaki çocukların
Anneleri ablaları sahilde çay içen ev'den konuşan
Gelecekle haberli yemiş tutan elleri
Şimdi salıncakta aynı anda
Bir fotoğrafta gibi
Her geçen ânı bir fotoğraf olan çocukların
Altlarındaki toprağa
Öğütlerle büyük eser okları işaretleri
Düştükleri taşlara dizlerini kanatmak için
Biz açıyoruz
Ekonomi iktisat risaleleri

Her şey benzinle aşk ve ilkbahar bile
Barut ateşle harmanlandı
Kılıç nasıl deldi geçti ve çekildi
Ve nasıl kan göstermedi et
Tanrı adıyla renk değiştiren mavileşen ateşe
Örtü yayıp otururlar ateşten ateş ve yanmazlar
Güvercin teslimiyeti içinde
Bakın istiyorsak

Nasıl yıllarla sürüyor bir salise
Sabah bulantıları birlikte yatılan akşamlar
Kuşların yalnız uzanıp pencereden

Havaya alıştıkları saksıları kavrayıp uzaklaştıkları
O gökler ağaçların tulumba gibi çalışan özsu boruları
Sızıları tahta kulübelerin
Dağda tahta kulübelerin

★

Ateş için odun topladık
Ben makki ve beşimiz
Kısa ama kesin çağırarak
İçeriksiz coştuk hemen. Hey önce ateşin içinde ol
Hey önce alevin sıçrasın
Yüreğimizi kavra soluğumuzu başka yollardan geçir
Aynı an ayağa kalkıldı
Doğranıldı
Nasıl söyler bir erkeğe bir kadın
Denize atılan bombanın
Balıkları delirttiğini
En zor sorunun yöneltildiği
Bir kadındı
Nasıl ki kelimesiz ve gözler olmadan

Renksiz bir iz seçiliyor
Belki karanlığın kendisi işaret veriyor
Saçların değişiyor
Karanlık tahta kulübe ve saçların
Hepsi bu hepsi bunlar

Özgürlüğü kur
Suyu dök yürek etlerimizi
Parçalanmalarımızı topla
Büyük ateş meydana yağmur getirdi
Gökteki kazan devrildi
Ağaçların gece aydınlığı
Duygunun canlılığı
Kıvrılıp eğilişi dalların hüznü ateşe
hüznü ateşe
hüznü ateşe tutuşu

Toprağı üzüntüden ayıklayışı
Sende kaybedebildiğim yani ey korkulu hayat
Taktığım tarafımızdan sevilen
Haklarımız esenliğimiz karanlığımız
Güzelliğin ellerin alnınla
Mızrağını seç önce seç kabarık alnımı
Fırlat kayayı kimliğini kişiliğini
Dişlerimin ortasına
Sar beni kumla ağaç kütükleriyle
Ki suyu geç beni kurula

Arkamdan rüzgâr seyirtiyor
Ellerim dağdaki kulübeden ses ediyor
Orman uğultular kurt ulumaları
Aşkın omurgan
Yapışkan
Yak beni çocuğumsuz

Senden ışıklandırılmış havuzlarımda
Ve gizli su yollarımda
Sözün ediliyor

O sen sen
Gölgemi bırak beni sürme
Ben benimleyim

İçim büyük sabırla haşlandı
İçim eyİçim bu yolculuk nereye
Yine bir şehrin ölümünü başlatır gibisin

★

Ve çocuğun uykusu böyle başladı
Çünkü yeni bir çocuk uyanacaktır

Ey ana
Parkları çocuğunla eş doğurdun
Çimenleri mutlu kıldın

Bayrakların sularda aktı
Pulatın
İnce ve yumuşak saçın
Yaralı ağzın

Mutlu kılan çocuk
Çimene düşen yaprakları

Kadın sen tattın
Babanınkine benzeyen
Çocuğun böbreğindeki katları

★

Gün gelişini açıkladı
Sen kapanan gözü açıkla
Karısına arabayla tabut taşıyan adamı
Güzel yontulmuş ve parlak sarıları olan kadını
Yeni bir çocuk plânı yapan
Yeni ve ölümü de transfer eden aileyi

Nalçayı yiyince nasıl çöküyorsun yere
Nasıl dumanını üfürürken ve solurken ciğerlerime
Düşten yıkanıp ava değil çocuğa yatıyorum
Değil vurmaya ve rastlantıya
Değil hülyalanıp dalgalanmaya
Çıkara değil kedi gibi sokulup ayartmasına
Değil sarı demire
Değil söylev'e asla değil aştım gitti yirmi dokuz yıl önce ölenleri

Nalçayı yedikçe nasıl çöktüm yere
Zorla ezilenin zorlu öldürmesi olur
Fabrikanın kasıklarını ovan işçilerin
Hak dünyasında hastalanırım olağandır
Neden mi şimdi tepilebilirim
Maden ocaklarına dinamit yerine

Bir hakkın düşmanıyla kucaklaşıyorsam
Sök beni yeniden şakağıma it ellerimi
Bileklerime aklım aksın
Damarlarımı lif lif denetle çöz gözümün perdelerini
Trenleri uzlaştır sulh fenerlerini yak
Nerede olursan ol kim olursam olayım

Sesimi bir dağ zannet
Irmağa ver haberi
Yangına doğru sürünen haberi
Güneş beni saklar
Sen alnımdaki dumanı kazı
Kemiğinin geleceğini düşün beni yont alıştır

Sararan örtü cafe müller
Gırtlakta sarı halka
Esirlik ve kendinden kayma halkası
Yalnızlığın çarmıhı dere balıklarının ilanı
Çarmıh yaylı ve değişken
Karın çarmıhı belkemiği ve baldırın
Karnımız ayrı sancılardan kaymış
Yeşil ya da yeşil olmayan çocuğun ağzından çoğaltılmış

★

Ey gece sen de aldatıldın
Sana da tuzak kurdu yüzü güneş parıltılı kız

Rosemariegirbach

★

Gidip bilmediğin kentlerin
Böğrünü delen harp mikkaplarını gördüm
Kartpostal tüccarlarını
Kilise ortak pazar birlik orak çekiç
Ve asya ve afrikaya ayak atma postallarını

Ve kimseyi göstermeyen aynaları

Ve bir istasyonda
Hatta önemsiz bir memurun yakınında
İçinden asya çıkan bir balya

Geleceği
Ormana terketmeyi dener gibi yeni doğan çocuğu
Ananın karın bulaşıklarını arımadan
Çalıların ve topraklaşan yaprakların içine
Alabildiğine
Gevşeyip bırakılmış gerginliğin ortasına iterek
Geleceği ormana iter gibi ormana iterek
Meleklerin hayatını yaşamaya
Gidelim sizinle kendinde insan olmadan
Kimseyi insanlamadan yaşamaya
Sıcak kayayı arayan iki tavşan gibi
Evleri korkutmadan uluyan kurtlar gibi
Bellemeden
Etle bilinçlemeden
Evdeki sevinci kırgınlığı ballanan üzümleri
Bilmeden aşkı ve aşk benzerini
Çocuk sesinin düzlüğünü arayan bir çeşit insan gibi

Görevi bu olarak
Yalnızlığımızı sessizce ortaya koyalım
Erkekçe sessiz ve erkekçe
Kiminki sahipse ölümü o karşılasın
Ağırlasın

Ayaklarım ağrıdı güvercin izlemekten
Onun başının önündeydi alevli sancak
Elimi ve kalbimi uzattım
Eriştim tanrıya çağırma kuleli evin
Bekleyen güvercinine
Güneşi ayı ve yeryüzünü bütün şekilleriyle
Bir kutlu çehrenin emrine kul bildim
Bilesiniz
Ona döndürüleceksiniz

Ve başı yeşil hâleyle çevrilen
Yüzünde tarihten ve gelecekten bir renk beliren
Atmacanın pençesinde atmacayı kendinden geçiren
Bir güvercin ki ne gören olmuş
Ne işiten

Bir sabah bir çeşit güvercin fırtınasıydı sur önünde
Gözleri burçlara
Bayrak tebdiline dikilmiş bir kartalın
Buyruğundan hızlanarak
Bir kartaldı gözünü burçlara dikmiş
Döşü surları geriletmiş
Durur güvercinlerin en önünde

Emrolundu. Haliç bir yılan gibi yönelip
Soktu Kayser'i

Zaman bir takla attı
Zaman bir takla daha attı

Zaman altında kalan
Çıplak boynu hançer kuşattı
Başı sülük ağızlarında
Ayakları boşlukta çırpınan
Bir millettik artık

Güvercin
Merhamet kılınçlarını toplıyabildi ancak

Camide toplantı var davranın
Aşkı denetleyen güvercinler
Kılınçlar eskinin habercileri
Keskin bekçiler
Bildiriciler.

Bu iç çığlıkla
Yürürken üstüne bir mısır habbesinin
Yeni yorum yatırımcıları
Ve büyük doğrulma günüyle
Bir aliterasyon olan güvercin

Dansöz kalkışlı güvercin
Gel. Sen gelince
Azap çıkacak her evden
Gidecek kendi evine

Organlar sizinle benim savaşım
Ben ahretim
Ahret yere gebedir

Sizinle hep beraberim
Dağı tutmuştunuz kalbinizden geçendim
Güzel duydunuz ve durduruldum
Atımı atınız büyüledi
Okyanus everesti nişanlayıp durdu
Çünkü etin ötesinde
Bir şey değildi everest ve okyanus

Korkunun yüzüne ayna konmuş gibi
Başkayım sizinle
Aynayı eline alan korkuyu bilir
Çün korku etin içinden yekinir

Hep koşmaklayız kitabın onayıylayız
Tarlayı çok severiz. Yaradan
Lokma lokma bölmüş istiyenlere
Karından gelenlere
Ve karna gelenlere

★

Aşkı canbazımız aldı
Tokmak kırıldı
Kapının çatlağı esner
Gözetleyen göz şişer küçülür
Et aralığından görmeyi dileyince.

Duyulur iç ses
Uyan ey kaplumbağa kelimeyi kımıldat
Çünkü kıyamet sezilsin otobüs devrilsin
Kımıldat kanlarını
Koşanın yıldırım gibi duranın
Susanın ve dağlarla konuşanın
Kendiyle
Dağları konuşturanın
Aklı çok kez hançerce bulunduranın
Kendini sürü için öldürüp
Sürüyü çobansız bırakan çobanın
Hep içilmez sulara varan koyunların
Mermerin namütenahi bekleyen kayanın
İçinden hata edilerek çıkarılanların

İnsan yüzleri
Çömelmiş inleyen ve içgüdü şekilleri
Yaralar kan akmayan
Kanla işi olmayan
Taştan çıkanın ve çıkaranın birlikte söylevleri
İnsan sanatı çığlıkları
(bir yerde onlarlayım)
Öpülerek topuğu parlatılan tuncun
Günah anlatılan karanlıkların
'Enriko istersen anlat önce sonra işle'

O dağlar güvercinin yabanına yuvadır
Hiç solunmamış bir hava üfler rüzgâr
Dünya sürü yürüdükçe döner
Çoban sürü için ölmez gelecek sürüler için
Yaşamağa bakar
Kısa süren bir hatıra değildir toplum

Mısır taneli çocuk avuçları
Fotoğrafını çek günahların
Tövbeleri yıldırımla yayınla yine de

Esmeri
Karayı
Kızıl ve sarıyı bir tutanı
Benden aldın

Buruşmaz entarisi İstanbulun entarisi buruşmaz entarisi
Maraşın seferde
Fakat İstanbul ve Maraş
Fakat Maraşın
Her kurban arayışında
Fazla davrandım ben
Yangına uğradım
Kara bir moloza ayrıldım
Bazen marsık sanıldım

Maraşın her kahraman kurban arayışında
Ve bulup sunuşunda
Mutlaka bir işareti vardı
Bayram çöreklerini tuzundan yağından anlayışın
Sertçe düşmanca gibi tokça kucaklanışın
Harbeder gibi sevişin

Mesela adil erdem aynı silahla mücehhezdi

Üstümüzden aynı katar geçti
Mutluluğumuz anlaşılsın yıkıldık
Toprağa yayıldık ve büyüdük
Çünkü topraktan ancak böyle geçtik

★

Kızlar burgulu
Etlerinde tahta kıymıkları karınca yığınları
Alabildiğine açılmış bir organ
Bir gramofon
Geniş ağızlı

Her adımlarını bildiğimiz
Hangi yörüngeyi güttüklerini
Hangi suyu geçtiklerini
Ne çeşit bir şölenden kovulduklarını
Çünkü sokağı aman nasıl eğilerek geçiyorlar
Hangi tahta kapıdan çıktıklarını
Zenginini ve bulgurla su içenini
Ellerinin çatlaklarını yine krem sürülenini
Göğüslerinin bakımını tahta sütyenlerini
Ocaktaki dumanın yaktığı sapladığı göz sürmelerini

Çünkü kara dumanlı ocak
Ve sürmeydi

Sürmeyi niye çekmeli
Sürmeyi çekmeli mi

– Annen ne söyledi
– (Elmanın yarısını kardeşin yesin)
Kardeşin yesin anne yemesin mi

Elmayı yemiyorsun bir
Ve öyle sıkılıyorsun ki elma ölecek
Ne sen yiyeceksin
Ne kardeşin ne annen

Bu evde yılanı yine değiştirmemişler
Baba ana ve kardeşler
Aynı odada soluyorlar
Oda şişip iniyor
Dışarıdan bakınca odaya
Duvarları kıvrılan oda
Özel bir korku ve kuşkuyla irkilerek
Tehlikenin hayvanları yönünden
Boğularak
Yılandan gizli işaret alarak
Göz kırpar gibi yapıp uluyor
Oda uluyor

Yılan göz kaş işareti
Konuşmayan hiç bir şey yapmayan

Başını yılandan çevir yemek taşmasın
Başını yılandan çevir kuyu yakın
Başını yılandan çevir unutma babayı yürekte tut
Baba dağ ve balta

Anne
Kolunda koynunda karnında çocuklar
Gitti pazara dolandı çığlık beğendi

Anne eve dönünce
Anne eve dönecek

Ölün bilinecek küçük ölün
Mahalle daracık bilinecek

Alçak duvar ötesinde ölün tahta sıcak su
Ve odun kokusu
Kabre akıtılan sabunlu suyu
(Yolun burasında coşkuyla karşı ko)
Nasıl ki beyninden apartman fışkıran mimarın
Yaşamın öte yarısı
Burçları gezer
Kutup yıldızından söz eder

Gök çoğalınca
Göğe açılan göz kapanınca
Beni duyacak anlamıyacaksın

Bunlar hep senin ölün
Bir yerinde yatağa sığmayan çocukların
Suçları bir atmacayla alınan çobanların

Her şey karıştı çünkü öldün
Artık kimse bulamaz kendini
Eller birbirinin içinde
Senin ölmüş elin yapışır
Benim tetiğimin üzerine

★

Silah benim tetik bende koşanadek kurşun benim
Parmak senin et senin güç senin
İrade kimde
Benim elim hangi köpeğin içinde
Dişleri birbirine geçmiş bîleğimde
İlk tıraşını olan gencin
Jileti kemiğin iliğinde
– Kan seli
– Tetik kan seli
Hedef nerde kız mı erkek mi
Dünya çekirdeği mi
Yeryüzü ateşi mi
Şehvetin ya da nur içinde birleşmenin
Satan'ın içinde beklerken herşeyi önceden kestirenin
Çünkü şarttı bir kere
Ölümle yan yana şeytanın içinde durmak

Karnından geçmek
Bir lambayı bekleyen makkinin
Öpüşü kanla bekleyen
En küçük kilisede çarmıha çekilen
Dom'un üç asrın
Kana kan koyup
Yücelttiği abesin
Galerisi insan ve heykel ve resim ve kezzap galerisi

At gözü oyuk
Heykel atın içinde
Çünkü at büyük heykel
Sürücünün içinde on aziz bir kaç isa yezus hiristus

Yüz bin haç
Atın ayağında bir nalbant heykeli
Nalın içinde bir at benzeri
Karşılıklı uyuşan iki arslan
Biri dişi diğeri dişi
Yuvarlak yalanmış ve parlatılmış derileri
Ki karpuz yenmiş gibi
Goldah karpuz
Kalf karpuz
Anna karpuzun çekirdeki
Frankrayh şu dağın ardındaki dağ

★

Düşmanın kim onu anlat
Mişele'i hatırlat alnımı uğraştır
Kalbine plânlı ve
Avrupa bir duvarın taşları dizilen mişeli
Saçlarına çocuk kuşları konmaz
Çocuk uçmaz dallarından. İçinde yanında
Boy tüfeği patlatsan
Tuzaklı
Hatırlat mişeli mişeli
İçinden hep bir kuşku tankeri
Bir petrol tankeri namıyla yol alır
Pergel petrol
Borusu motorun icadı
Aşkın feda bayramı cenaze şekli
Boyuna hatırlat
Yoksa olur ki unuta kalırım esmerliğimi

Telefon
– Görünüşünüz nasıl
– Yorgun uyanırken ve gittikçe diri ve daha esmer

Tanımadığım kentin
Ağırlık merkezine alındım
Taşıtlar grevler insan böğürmeleri
Alış verişler
Şapka seçerken birden çocuk doğuruyorlar
Baba oyundan çağrılan çocuklar gibi isteksizdir
Ya da bırakır kürekleri denizin üstüne
Suda kayan cilalı bir taş gibi seyirtir

★

Her doğan çocukla orda
Birlikte. Daha yeryüzüne bakınamadan
Kırbaçlanırız uyumaya. Anakarnı yorgunluğumuz alınmadan
Vurulur kollarımıza ve. Çarpılır dizimiz dizimize

Her doğan çocuk
Bir ertelenmeydi analarca bağlanarak memelere
(Artık siğara içmiyeceğim artık
Koyun gütmiyeceğim)
Meşgul uğraşır azar altında bile uyurken de
Uykusundan silkelenip irileşmeye hamle elleri ve duramadan
Yan beşiktekinin yüzüne gölgesini indirerek
Bir gün önceki bedenini
Kaybedilmiş bir okul eşyası gibi özliyerek

Her doğdu
Bir ölendi

Mayland uzun yüzlü bir kız resmi
Hani şu hep
Selamlaşıp geçerdik
Uzun yüzlü kızlar çizen ressamla
Aklımı anlat gönlümü kazandır
Benden beni çıkar bakalım kalacak mıyım
Üstüme beni koy bir de
Gözle dayana bilecek miyim
Yoksa hemen birkez daha bütünle bende beni
Özümü kullan
Çünkü aşktır
Beyaz bir sanattır

★

Evlerin dışında
Çünkü böyle oldu

Pencereden uzanan başın dışında
Günâhın ve sevabın

Merkezinde hem tanımadığım
Alışmadığım bir sistem gitgelinde
Boyuna sırtımdan ve kafamın arkasından delindiğimi
Oynuyorum ve rolümü. Oyun çarkının boşuna döndüğünü
Seyircilerden bir kadın olgun ve eteçalan
Çıplak. Eşyadan ve odanın kapamasından
Her an biraz daha soyunarak
Yatağında
Çivilenmeden gerilmiş çarmıha gibi yatan

Anlıyorum oyun çarkının kendine döndüğünü
Ölümün
Saklanacağı kalmayan avhayvanı gibi
Avcısına göründüğünü
Ah anlıyorum
Çünkü annanın
Anlaşılmaz bir gözaldanımıyla
İçimde bir gemi batırıp döndüğünü

Unutmadı
Yanlışlıkla
Onlara:
Beni unutmıyacaksınız

★

Anlat kızın ekmek tutuşunu
İçimdeki soylu kişiden utanışını
Annayı tutarken balık tutuyorum
Ekvator ağzıyla kolumu buzdan denize indirmişim
Kız içimde bir sarmaşık kelimesiyle büyürken
Arada bir kanla uslayıp
Seni anıyorum
– eyeski sevdiklerim –

Sizi şaşırtıyorum. Sanatım
Fakat ben korkutuldum

★

Şatoya bağlanan tahta köprüde beynim
Ağırlaşmış dalmışım
Güneş doğmuş işte böyle. Taş ısınmış ısınmış
Nerdeyse belleğinden kan ürperten
Bir sipahi sureti

Aşka ne zaman veda
Demiş ki bu topraklar
Boyuna kiliselere taşıyorlar otobüslerle. Isınamıyorum.
Ve Baden Baden'de kaçtım
Başka bir kiliseye
gittim. Hafifçe.
Çok ve canlı renkli süslemelerden azürpererek

Dost için yani dosto için
Dönerken
Kule yerine
Küreye yakın parlak başlıklarına dönüp baktım

Dosto Badende
Ve kumar da oynardı
Bir çocuğun. Hırsla. Bir taşı.
Atışı gibi. Dikine.

Kapa perdeyi kapa köprüyü
Ve şatonun ta kendisini
İnce bedenin mühürlenişini
Tüfek mahzenini
Sevginin tiklerini aort deliklerini
Duvarda asırlardır dinlenemeyen
Dört işkence resminin

Takip tutuklanma işkence
Ve tahta kurulan işkenceli etin
Bin dokuz yüz 77 yıl
Yenilen içilen kan ve etin
Yarı açılan mor pelerinin
Çizgi - kan
Çizgiler ve kanın
Başta yer yer kemiğe batan tacın
Dört resmin dört korkunç dakikanın
İri jestlerini anlıyorum

Makkiyi hayır
Sigridi tren getirdi
Tren götürdü
Yedi

★

Duruşu kımıldanışı
Mağrur tavırları olan
Çünkü o güzel kelimelerle ağırlanan

Göllerin beşiği toprak eğrisi
At yiyen ejderdi
Tılsım
Karıncanın kölesi

At köpeğin kuruyan ölüsünü
Minderi düzelt
Baklava kırıntılarını
Ana babanın kol gezdiği koruduğu pencere kıyılarını
Mutfak ve yüznumara korolarını
Yatak ameliyatlarını cinsiyet taslarını
An binlerce yıllık olan et kabartmalarını

Pervaz ve şimdi
Büyük taraçalarda doğuruyorlar
Kol bakımı bilek ve dizkapağı bakımı
Gebelik ve sancı limonlukları
Sıcağa karşı ay ışığı
Yelpaze atkı palan
Acılar yerdelen sinir göğü tırmalayan
Kutlu sevinç giysileri yalayan
Ve yağmur suyunu
Havuza koyan ırgat olarak

Anlat insanda ölümsüz olmak yaprağının
Hangi ağacın kıvranışı olduğunu
Güzün hazırladığı insan yavrularını
Kışın insan yeteneklerini
Baharın insan olanaklarını
Anlat durmadan

Hurmayı anlat dala uzanan
Tüylü kalın dudağı anlat
Yaban elmayla eriği
Aşıyı
Elmanın gelinliğini geyiğin baskın güveyliğini
Atlı karıncayı
Lunaparkta bir hayvan olan

Atlı karınca bir hayvansa
'İsa ağladı'
Kuzeyde ses kalmadı
Alnımız buz dondu gece
Aksın. Gündüz karıştırılmasın
Ah sade bir gün yaşasak
Dal dal - Kitap bil
Lord kimin lordu hangi mabedin
Sinonimi
İkisi duman tütsü su rengi
Perde kıllı el korku
Bölüşmek kekelemek
Donup kal - Aklımı al

Durmak bilmez yaşamakla
Senin yaşamın nereye kadar neyana böyle benimki
Can kamaram
Yalnız göğsüm değil
Hayat var kaçıp bıraktığım zamanlarda da
Ölmek koşup varmak mıdır oralara
Soluğunu yatıştırarak
Perdeyi aralayıp girmeden çiçekli ovalara
Ah kıra gitmek böyle zor olmasa
Ellerimiz ısınan ocakta - Tabakta ziyafet tasında
Kızartılmış bir keklik
Paslı ve kükürt salyalı bir ağızla
Tatlılıkla ololki
Ölünü gebeliğini morarmışlığını
Etin devinme sanatını
Bilesin yuvarlak akasın akşam olunca
Yuvarlak akşam akşam
Serçenin girdiği dolap

Şehri -eycanım- uçtan hayvan kuşları olarak yukarıdan
Devgözüyle - bakışı görüyorsun
Süzül. Kanatlar arasından
Uzanan boynunla evleri ara ikizleri araştır
Ren'in çamurlu suyundan bir gümüş iplik bük
Sür yeryüzü hamuruna
Ki orda
Bir yılan renkli başını onarır
Kuyruğunu ağrı dağında yakala

Ekmek paketini çıkar kuşlar çağrılsın
Kirazın yuvarlağı gibi yanağın
Bir güçlü böceğinki gibi alnın
Otlara yayılmış çıplaklığında bir uçuç böceği
Yanından dikine toprağa iniyor
Ekmeği göğsünden ufala kuşlar çağrıldı
Tutulmuş ve öyle güzelken
Korkarak. Ağaçların arasında dolanan cin

Sen misin – Ama içim Eyiçim

Kara başımı tutup kara başımı
Şu suyun insanını güttüğüm vakit
Göğsümü asya bir edayla gerdiğim vakit
Hem barışmak nedemek kendimle
'Sen yoksan mekan yok zaman belli değil' dediğim vakit
Sen ölçebilirsin ancak sesimdeki beygirimsiliği
Çün bu çamur
Şu yaşamı bulandıran su
Donyüzlü rahibe şu
Şu ev ki ev
Ve o karanlıkta cin
Ve ormandaki dev

Oysa melodim
Ne güzel. sözlerim ne tatlı

Kuşkusuz. Yanımda olaydın
Testiyi deler ırmağı temizlerdik
Avucumuzla buz gibi içer
Bileğimizden akan toprağa düşerdi

★

Ve şimdi
Anlat bana ey can tatlısı kız ki
Çünkü ben ödevliyim yinelemeye
Eskiçağ ozanlarının ağız toplantısını
Anlat bana gönüllerindeki bağ bozumunu
Hep şarkı sancıyan dizelerini
Kocamış dumanı ve is yüklü tavan direklerinin
Arasından destanlara sarkan yılanı
Kapıdaki baharı yaprak selini sarı kanaryayı
Ölümsüzlüğünün karyığınını - granityığınını - suyığınını
Anlat durmadan

Oğlu teketek öldüren babanın
Oğula mızrağın ucuyla
Gürzün kılıcın kıyımıyla ad koyan babanın
Anlat bize içinde koşan atların
Hangi koşudan kaçtıklarını
Yani ilkel
Ya da kültürle deşilmiş olmanın
Anlat durmadan anlat oğulun
Gençliğin
Yarısı akan yarısı mezara konan kanın
Genç ve geniş bir yaradan
Hem babanın elinden mızrakla
Ve baltayla açılmış yara'dan
Şefkat ve müthiş bir dikkatle
Ve müthiş bir hayranlıkla
Şövalyelik adına açılmış yara'dan
/Huysuz kan sonunadek akar düşünürüz/

Anlat ki ey cantatlısı kız
Babanın cesedi bir türlü toprağa atamadığını
Yine de kanın sonuna dek akmadığını
Anlat
Babanın can elmas'ıyla kesilen oğulu
Aydınlığa sun
Toprağa sözü olan kanın
Neden sonuna dek akmadığını

Karşılık verir
Cantatlısı kızlar korosu:

– OĞUL MIZRAK KESKİN GENÇ
Oğul genç mızrak keskin
BABA DİNÇ YAŞLI MIZRAK AKILSIZ
Oğul baba
MIZRAK BABA
ÖLÜM baba
Ölüm Oğul Mızrak
Ölüm Baba Mızrak
OĞUL MIZRAK baba ÖLÜM

Kan ŞAŞIRDI KAN Şaşırdı

Genç cesedin
Ölüm gölünün başında
Diz çökmüş olan baba
Hınç ayırdı
Hayret ve üzgünlük şerbeti
Ve abes ayırdı
Çok yıl sonraki tanrıtanımaz savaşlara
Ve yenilip ve yenip dönerken ordu
Neyi algılarsa çiftleşip çoğalmaktan

Babanın yüreği ordu yüreği
/Zırhını kırdı/
Narası göğe vurdu
Daha gür bir ses duyuldu
Belki bir melek gülümsedi
Çünkü sıyrıldı gergefi dizinden
Belki ayağının dibine vuran sesten

Eybaba
Kılıcını toprağa gizle
Gizledi
Kendini kınamak için çıkardı gerektikçe
Yüzünü sarartıp karartmak için
Ve düşüncenin kavurması geldikçe

Çünkü bir serçenin diliyle gelmiyordu düşünce
Beyaz güvercinin
Bir ilkbahar gencinin güz güneşinin
Taşı heykelleştiren eğilimin
Su taşıyan kedi seven uykunun altına geçen döşeğin
Erkeği kadında koşturan geleneğin
Kızlıkta açan çiçeklerin
Sevişen fillerin
Uyuyan çocuk ellerinin
Karaya vuran geminin
Yemeği hazır eden annenin
... yalvaran dilin diliyle
Gelmiyordu düşünce
Geliyordu düşünce
Ateş kuşunun gagasında

Çünkü soyluluğun ağırlaştı baba
Bir'din ordu oldun
Zamanın bir gerisine bir ilerisine
Son dünya savaşının eşiğine serildin
Çocuğu vururken çekilen işkencenin
Beşiğine

Baba Çocuk
Azap Sancak

Baba genişledi nalbantı bildi
Toprağın içinde oğulun ölümü
Arttıkça ve gezdikçe denizlerin dibini
Çünkü ölüm artık canlı oldu
Nasıl kuduran boğa canlıysa
Ve bir şeye koşarsa

Baba açığa çıkan kandan yedi
Gezdi yeryüzünü
Hayvan alım satım yerlerini
Anneyi annenin ayak diplerini
Karıncanın ölmez gelenekçiliğini
Hayvanları şartlayıp
Şatoları kefenleyip
Ahırları koyunları
Gördü baba gezdi baba
Oğulun taş benzerlerini
Nasıl ki oğulun ölümü
/Eli babanın derisinde/
Bir gerisinde bir ilerisinde
Arttıkça ve gezdikçe suların dibini

Baba devşirdi bir ana
Ki yüreğinin altında
Bir et kordonla tutan
Oğulu delmeyecek olan babayı

Cahit Zarifoğlu
BÜTÜN ESERLERİ

1. Şiirler
2. Yaşamak
3. Konuşmalar
4. Romanlar
5. Hikayeler
6. Bir Değirmendir Bu Dünya
7. Zengin Hayaller Peşinde
8. Sütçü İmam
9. Çocuklarımızla Atlara Biniyorduk
10. Okuyucularla
11. Mektuplar
12. Radyo Oyunları
13. Rilke'nin Romanında Motifler
14. İşaret Çocukları
15. Yedi Güzel Adam
16. Menziller
17. Korku ve Yakarış

GÜLÜCÜK ÇOCUK KİTAPLARI

1. Serçekuş
2. Ağaçkakanlar
3. Katıraslan
4. Yürekdede ile Padişah
5. Gülücük
6. Küçük Şehzade
7. Motorlukuş
8. Kuşların Dili
9. Ağaç Okul